長編小説

誘惑捜査線

警察庁風紀一係　東山美菜

沢里裕二

竹書房

目次

＜主な登場人物＞

東 山《ひがしやま》美菜《みな》……警視庁警備九課から警察庁刑務課風紀一係に出向

明田真子《あけたまこ》………警備九課課長。美菜の上司。キャリア

岡田《おかだ》 潤 平《じゅんぺい》……警備一課所属。特殊警護警察官（通称SSP）

秋川《あきかわ》 涼 子《りょうこ》……警備九課主任。美菜の先輩

津川雪彦《つがわゆきひこ》………定年間際の刑事を集めた遊軍部隊・捜査八課所属

橋爪信二《はしづめしんじ》………北青葉署警備課庶務係所属。係長

松川千恵美《まつかわちえみ》…‥北青葉署警備課庶務係所属

桜 井《さくらい》慎吾《しんご》……北青葉署捜査一係所属

永倉奈々子《ながくらななこ》……北青葉署捜査三係所属

米川《よねかわ》 京 子《きょうこ》……北青葉署内にある売店の店員

加瀬計造《かせけいぞう》………大手警備会社・加瀬警備保障会長

竜 崎《りゅうざき》和樹《かずき》……常闘会直参風神組若頭

観月喜朗《みづきよしろう》………常闘会会長

※本作品は竹書房文庫のために書き下ろされたものです。

※本作品はフィクションです。

作品内の人名、地名、団体名等は実在のものとは一切関係ありません。

第一章　真冬の過ち

1

夜空を覆っていた雲が、静かに流れ行き、満月が顔を出した。

午前二時である。

倉橋健太《くらはしけんた》は交番《ハコ》の前に出て、大きく息を吸い込んだ。ついでに、両手で顔をパンパンと叩く。

十二月の空気は乾き切っており、温度計の気温も二度を示しているが、健太の気持ちはいささか高揚していた。

約一時間後に同じ世田谷南警察署の交通課に勤務する中村架純《なかむらかすみ》が夜食の差し入れにやって来ることになっているのだ。

倉橋はそれまでの間に、管区内一周の定期巡回をすませて、報告書を書きあげてしまいたいと、考えた。

よしっ。見回りに出るとしよう。

倉橋は交番の蛍光灯を灯《とも》したまま出入口の引き戸を締め、ガラス窓の前に『巡回中』の札を掛けた。

ここ桜《さくら》沢町《さわまち》交番は、本来四名体制であるが、深夜一時から朝六時までの五時間はワンオペレーションとなる。

盛り場の交番と違い、夜中の問い合わせや事件が少ないことによる。

特に不満はない。

二十七歳の独身男にとって、上司や先輩のいない深夜のひとり勤務は、むしろ快適なぐらいだ。

倉橋は独身寮住まいだが、そこにとて先輩はいる。

警察は厳格な階級社会だ。プライベートタイムとはいえ顔を合わせれば、気を使うことになる。

そんな中、真夜中とはいえ交番内を独占出来ることは、このうえない喜びである。

何と言ってもベッドと机で満杯となる独身寮の部屋とは違い、桜沢町交番は狭いながらも一戸建なのだ。交番内の設備はコンパクトながら、外から見える以上に充実している。倉橋はここに住みたいぐらいだった。

外壁に立てかけてあった白い自転車に跨り出発する。

まずは目の前の商店街を走る。

深夜とあってどの店もシャッターを下ろしていた。

夜風を切りながら、左右に居並ぶ店先を注視しながらペダルを漕いだ。

地域課警官の最大の任務は巡回である。とにかく日に何度も町内を回る。「お巡りさん」と呼ばれるゆえんだ。

地域課警官の任務とは捜査ではなく、犯罪や事故の防止である。

倉橋はこの地区を担当して三年目である。

さすがに町の中のちょっとした変化にもすぐ気づくようになっていた。

三時間前に回ったときになかったものがシャッターの前に置かれていれば、すぐにわかる。それが地域課警官というものだ。

商店街にとりあえず変化はなかった。

住宅街に向かう。

自転車のペダルを踏む足が、ついつい、いつもより早くなる。今夜は、ちゃちゃっと回ってしまいたいのだ。

中村架純が来るまでに、とっとと仕事を終えてしまいたい。

今夜も報告書の各項目に「×時×分。目視・異常なし」と書けることを祈りながら、夜道を進んだ。

住宅街はひっそりとしていた。

それでも倉橋は電信柱に取り付けられた常夜灯の光から漏れた場所などを、パトロール用の大型懐中電灯で照らしながら走行した。

この季節、家と家の間の狭い路地は要マークである。住宅街でも案外、泥酔者の行き倒れが多いのだ。

さんざん飲んで、家に辿《たど》り着く前に、他人の家と家の間で寝入ってしまう困った人たちがたくさんいるのだ。

道端なら誰かが気が付くが、家の隙間ではそのまま朝まで放置されるという状況になりがちであった。

その場合、運が悪ければ、凍死もありえる。急ぎたいのはやまやまだが、倉橋は細かくライトを照らし、各戸の狭間《はざま》を視認して回った。

幸いそうした人間はいないようだった。安堵する。

ジグザグに町内を回り、復路に入った。

午前二時三十分になっていた。いつもよりやや早いペースだが、もっと急ぎたい。

区立公園の前に差しかかった。小学校の校庭よりも狭い公園だ。

住宅街に点在するこうした小公園は都市計画上、火災の類焼防止や災害時の避難地として存在している場合が多い。

そのため世田谷南署では、巡回時には、こうした公園や広場は必ず一周して目視することにしていた。

倉橋は道路側から覗いてみた。

正面にふたつのベンチが並んでいる。

その真上に常夜灯が設置されているので、そこだけくっきり明るく見えるのだ。もちろん誰も座っていなかった。

公園全体は闇に包まれている。

正直、一周するなんて面倒くさい。

そう思ったが、とりあえず、自転車でベンチのある位置まで進んだ。

ここで、ぐるりと見渡して目視したということにしよう。

サドルに腰を乗せたまま、懐中電灯の光でぐるりと照らしながら、目視した。

OK。何ごともない。

そう思い、通りに戻ろうとしたとたん、ベンチの背もたれ側で、ガサゴソと枯れ葉を踏むような音がした。倉橋は振り返った。

そこは杉木立である。放火犯か行き倒れの可能性がある。

腕時計を見る。午前二時四十分。

警官には常に時刻を確認する習性がある。時系列整理が捜査の基本だからだ。

倉橋は自転車から降りて、木立の奥へと進んだ。

ライトはかざさなかった。常夜灯の真後ろということもあり、ある程度は目視できたからだ。

うめき声が聞こえた。倉橋は身構えた。こんなところに泥酔者か。あるいは何らかの事故か？

――誰かいますか？

と、口に出そうとして、あわてて止めた。逆に胸の内で、ちっ、と舌打ちをする。

木立の中にいたのは青姦《あおかん》カップルであった。最低だ。

「あぁ……そこを、舐《な》めちゃうなんて」

茶色のダッフルコートを着た女が大きな杉の木に手をついて、男に尻を突き出していた。コートの裾《すそ》が背中までたくしあげられ、白い尻が丸出しになっていた。

藍色の空に満月。それに劣らぬ、まるまるとした尻だった。

エロい。倉橋は生唾《なまつば》を飲んだ。

ナチュラルカラーのパンティストッキングと白いショーツが、女のふくらはぎに絡まりついていた。右足は完全に脱げてしまっている。

屈みこんだ男が、女の尻に顔をめり込ませていた。

パン食い競争のような食らいつき方だ。

男は黒の背広姿だった。木の脇にオーバーコートがきちんと畳まれている。その上にビジネスバッグ。まともなサラリーマンらしい。

「あっ、杉井《すぎい》課長。触るだけって言ったのに、舐めちゃうなんて。ずるいです」

女が甘えた声を出している。決して拒否はしていない。

「エミちゃんが、酔うとこれほどスケベになるなんて。会社じゃ、ぜんぜん気が付かなった」

男がいったん顔を上げた。四角い顔の男だった。

口の周りに涎《よだれ》と粘液が付着して光っている。蜂蜜を舐めた子供の口の周りのような状態だ。四十歳ぐらいだ。

倉橋もクンニ経験はある。で、思った。

あそこまでべとべとになったら、痒《かゆ》くないか？

「課長のほうがずるいですよ。タクシーの中で、ちょっとだけパンツが見たいって言うから……私、スカートめくって見せたんじゃないですか……送ってもらっているし、見せるぐらいならいいやって思って……そしたら、触っちゃうし……」

見せるっているのは、いちおうリスクを承知ということではないかと倉橋は思案した。警察からすれば、それは重要な事項だ。

「いや、エミちゃんがあんな小さなパンツ穿《は》いていると思わないでしょう。普通OLって、もう少し幅の広いのを穿くんじゃないの？」

エミさんのパンツ、どんなんだ？

「そんなことないですっ。いまどきのOLはみんなあのぐらい幅が狭いのを穿いていますよ。それより触るのも、ちょっとだけだって、言ったじゃないですか」

女の声は上擦《うわず》っていた。舐めるのを中断しても、男は女の肝心な部分を指でいじくっている。基本的に最低野郎ではある。

「っていうかエミちゃん、触る前からパンツ、ぐちょ、ぐちょだったんじゃん。なんとなく透けて見えてたよ。あれ見たら、普通、触りたくなるでしょう」

道理だ。倉橋は心の中で、男に軍配を上げた。

「そ、そんなこと言わないでくださいよ。飲み会で、下ネタばっかり言い合っていたら……女だって、おかしくなっちゃいますよ……というか、公園で、結局お尻丸出しって……ありえなくないですか。ちょ、ちょっと待ってください課長、それ、剝《む》きださないでください。」

女は背筋を張って、首を左右に振った。

「大丈夫。大丈夫。うわぁ、エミちゃんのマメ、でっけぇ」

杉井と呼ばれた男はふたたび女の尻を割り開き、その底の部分に顔を埋めた。顔をうぐうぐと縦に振っている。

じゅるっ、とか、ちゅばっ、という生々しい音が聞こえてきた。

「ひゅあぁあああ、そこは、気持ちよすぎます」

会話の内容からして、とりあえずこれは合意の上の行為だ。

どうするか？　倉橋は考え込んだ。公猥《こうわい》を適用させるか？

『十二月五日、午前二時四十分。世田谷区南新町××丁×番地×号。新駒公園奥杉林内でわいせつ物公然陳列罪容疑者発見』

咄嗟《とっさ》に報告書の文面を思い浮かべるのは警察官の性《さが》だ。

つづいて「逮捕」という文字を思い浮かべて、倉橋はためらった。

たかが青姦じゃないか。面倒くさくないか……。

手錠を打つほどのこととは思えない。

というか、いまは手錠を持ってきていない。

それ以上に厄介《やっかい》なこともある。

わいせつ物公然陳列罪などで逮捕すれば、派出所ではなく世田谷南署まで連行しなければならないのだ。

目撃状況を詳細に報告しなければならないし、生活安全課の刑事が尋問を終えるまで待機させられることになるだろう
そうなれば、交通課の中村架純との約束も反故《ほご》にしなければならなくなる。

倉橋は逡巡した。

架純は恋人というわけではない。

署内のトレーニングジムで共に汗を流している間に、親しく口をきくようになっただけだ。

しかし、その彼女が夜食の差し入れに来てくれるというのだ。すくなからず、自分に好意を寄せてくれているということではないか。

倉橋は任務放棄の口実を考えた。

誰もいない真夜中の杉木立の中は公然であろうか？

彼らはちゃんと木立の中に隠れてやっているのだ。人がいない野外で女の割れ目を舐めてはならないという法律は存在しないと思う。個人の自由だ。

これは公然での行為ではない。

倉橋はもう少しだけ、観察することにした。市民の安全確保のための見守りである。決して覗き見ではない。

女が昂奮《こうふん》したように、大木に頭をつけて、言った。

「あぁ、マメが溶けちゃいそう……」

倉橋はもう一度時計を見た、午前二時四十五分。女がマメが溶けちゃいそうと呻《うめ》いた時刻を記憶するためではない。もう戻ったほうがいい時刻なのだ。

ベンチのほうへ戻ることにした。

「ううう、あふっ、ううんっ」

背中で、女の艶《なま》めかしい声が星空に舞い上がっていく。

その声に足音を隠して倉橋はベンチほうへと背中を向けた。

「えっ、課長、まさか挿《い》れるんじゃないですよね？」

女の声がした。倉橋は振り返った。

女が背中をよじって、杉井という上司の方に顔を向けていた。

栗鼠《りす》のような、クリッとした瞳の女だった。鼻はそれほど高くはないが、全体的に愛嬌のある顔立ちだった。二十代半ばだろう。

片眉を吊り上げている。約束が違うじゃん、という顔だ。

「ちょっとだけだよ。なぁ、エミちゃん……先っちょを、ほんの少しだけ挿れさせてくれ……」

杉井は、すでにズボンをトランクスごと下ろしていた。暗闇に赤黒い股間の屹立《きつりつ》が見える。

「そ、それは……ムリですよ」

女が引き攣《つ》った声を上げている。倉橋は踏みとどまった。時間はないが、ここは見定めるしかない。

強姦か？　和姦か？

「なぁ、先っちょだけだから……頼むよぉ、エミちゃん……」

杉井はすでに、女の泥濘《ぬかるみ》に亀頭を宛《あて》がっている。花びらに擦っているようだ
「嘘っ。男の人って、みんなそう言いますが、先っちょだけだったことありませんっ。

みんなそう言って……必ず奥まで押し込んできます……」

「いや、俺は、絶対に先っぽだけだ。亀頭でエミちゃんの入り口をちょっと擦るだけだ。二、三回、擦ったら、すぐ外すから……さ」

言いながら杉井がいきなり、膝で彼女の太腿《ふともも》を割り拡《ひろ》げた。女のぐちゃぐちゃした部分が暴露された。

「嘘ですよぉ、絶対に全入《ぜんにゅう》しちゃうんだからぁ」

「大丈夫、大丈夫」

ずちゅっ。そんな音が聞こえてくる。杉井が肉杭を押し込んでいた。鮮やかな動きだ。

「あぁ、ポーカーフェイス挿入って、マジずるくないですか……あぁあぁっ……やっぱり、ほらっ、先っちょだけって言っておいて、これ全部入れじゃないですかぁ……ああぁ」

「ち、違う。俺の亀頭は長いんだっ」

「嘘ですっ。私だって、先っちょと胴体の違いぐらいわかります。あふっ、ひゃはっ……あっ、そんな、激しく動かさないでください。はんっ。気持ちよくなってきました。課長、中出しだけはしないでくださいね……」

「あぁ、それだけは守る。中に出さなきゃ、いいかな？　もっと擦っても……」

「はい……外にさえ出してくれれば」

これは杉井課長の完全勝利だ。

和姦と見なすしかあるまい。

倉橋はその場を離れることにした。このままでは自分が制服の中で発射してしまいそうだった。

自転車に戻った。腕時計を確認する。午前二時五十五分。

やばいっ。

倉橋は自転車を漕ぎまくった。もう家と家の間など調べている余裕などなくなっていた。ペダルを漕ぎまくった。

最終コースは邸宅街だ。いずれも厳重なセキュリティ体制をとっている邸《やしき》ばかりである。巡査ごときが見逃しても、何かあれば、専門の警備会社がすぐに駆け付ける。

それより架純ちゃんだ。

倉橋は汗が噴き出るほどに足を回転させた。

銀杏《いちょう》並木の通りに見慣れぬ車が一台停まっていた。瀟洒《しょうしゃ》な煉瓦《れんが》造りの邸の前である。大手警備会社「加瀬警備保障《かせけいびほしょう》」の社主加瀬計造《かせけいぞう》の自邸であった。

倉橋の記憶が正しければ、計造は七十七歳で、この家には妻と娘夫婦、それに三人の孫と共に暮らしているはずである。

計造氏は経営の一線からはすでに離れているが、いくつもの業界団体の顧問を務め、警備業界全体に隠然とした影響力を保っている。

二〇二〇年開催の東京オリンピックの警備体制においても、民間側の代表として、政府や組織委員会に意見を述べる立場にある人物である。

停まっているのは黒のセダン車であった。

警備会社の社主の邸前である。詮索は無用であろう。

倉橋は追い越し際に、ちらりと車のボディを見た。運転席の扉に金文字で「ダイヤモンド・ハイヤー」とあった。迎車らしい。十二月なのでゴルフということでもあるまい。海外出張のための羽田か成田空港。そんなところではないか。

倉橋は駅前商店街の角にある交番に向かって、ひたすらペダルを漕いだ。

2

「倉橋先輩、こんばんは」

午前三時十五分を回ったところで、中村架純がやって来た。ちょうど、報告書を書き上げたところだ。

驚いたことに、架純は女性警官の制服を着ていた。

「あれれ、この時間は非番じゃないの？」

警察官は非番の際には制服を着てはいけないことになっている。

逆に制服を着ているときはプライベートな行為は極力避ける。それが基本だ。

例えば昼休みや休憩時間であっても、制服のままラーメン店や喫茶店に入ってはいけないのだ。あくまでも「基本的に」だが、まずやる人間はいない。

制服を着た警察官がカウンターでラーメンを食べていたり、喫茶店で足を組みスポーツ新聞を読んでいたりしていては、普通に体裁が悪いからだ。そういう意味では私服刑事が羨《うらや》ましい。

「ごめんなさい。ミニパトで来たから……見逃して」

架純が制帽を取って、頭を下げてくる。黒髪をひっつめにしている。女性警察官に茶髪はまずいない。いるとすれば潜入担当の女性刑事ぐらいだ

「そりゃ。私服じゃまずいよな」

逆にミニパトを私服で運転していたら、市民が不安に思うだろう。タクシーと違っ

てパトカーに「回送中」マークはないのだ。

「どうせ七時から勤務だから、このまま麻理《まり》ちゃんを迎えに行くの」

麻理とは架純の同僚だ。ミニパトもふたりで組む。

「わかった。それまでここから出なければいい」

「はい、これ私が作ったお弁当」

架純はスチール机の上に包みを置いて、奥にある給湯室に立った。

勤務中に外食に出られない代わりに、交番にはミニキッチンがついている場合が多い。自分で作れ、ということだ。

とはいえ小さなシンクの脇に電子レンジとポットがあるだけだ。火は使うなということだ。したがって、カップ麺か冷凍食品ぐらいしか食べることが出来ない。

後は出前だ。

給湯室で架純が緑茶を淹《い》れてきてくれた。

女性警察官が茶を淹れてくれただけで、殺伐とした派出所の雰囲気が華《はな》やかな感じになる。

倉橋は包みをほどいた。ひょうたん型の弁当箱が現れる。プラスティック製だが表面は木目加工されている。和風だ。蓋に手のひらを載せてみると、温かだった。

「なんか、江戸っぽいな」

「だって、派出所勤務って、昔で言えば、番所にいる岡っ引きでしょう」

「まぁな。巡査や巡査長ってそんな感じだよな。町内の聞き込み専門。捜査課は同心だけどな……」

やはり警察官になった以上、捜査課に異動したかった。

「そんなことより、早く開けてみて」

架純が目を輝かせて言う。自信満々の顔だ。

「ごめん、そうだったな」

ひょうたん型の弁当箱を開けた。香ばしい臭いがした。片側がおかず。メインは鶏の唐揚げ。それに人参、玉葱、茄子、ピーマンの温野菜が添えられている。片側は白飯の上に海苔。沢庵が二切れ載せられていた。

「うまそうだ」

倉橋は唐揚げから口に入れた。歯ごたえがあって、本当に美味《おい》しかった。

「夜食ですから、軽目にしたんですが、足りなくありませんか」

並んで椅子に座った架純が、上目使いに、覗き込んでくる。不安そうな目だ。

「いや、これでちょうどいい。やっぱり同業者は、わかってくれている」

倉橋は唐揚げがまだ残っている口の中に、白飯を放り込みながら、目で、何度も「うまいっ」と語った。

「本当ですか。だったらよかった」

架純が両手を握って、ガッツポーズをした。可憐《かれん》だ。

夜勤にはスタミナがいる。さりとて、ハイカロリーになりすぎても困るのだ。動きが鈍くなる。

そう言った意味で架純が用意してくれた弁当は、まさに胃袋にジャスト・フィットであった。

日ごろのコンビニ弁当ならば、早食いしてしまうところを、倉橋は充分味わいながら咀嚼《そしやく》した。直前に女子寮のキッチンで調理してきたという人参と茄子の味付けは抜群だった。

「来週から、大変だよな。交通安全週間」

弁当箱を空にして、湯のみを手に取りながら言った。交通係の歳末における一大イベントである。

「そうなんですよ。一週間、毎日テント通い」

「煤煙の真っただ中に八時間は辛いよな」

倉橋は架純に同情した。ミニパトで駐車違反を取り締まっている方が、よほど楽だと思う。

「まぁ、交通警官である以上、仕方がないですね」

肩を竦《すく》めて見せている。本当に可愛らしい。体育会系女子の多い中で、架純はめずらしい文系女子だ。警察小説のファンだったのが高じて、警視庁に就職したのだという。

将来はやはり捜査課に進みたいと言っている。

架純が弁当箱を下げてくれた。時刻は午前三時四十分ぐらいになっていた。

「ごちそうさま。ホント美味しかったよ」

「そう言っていただけると、作り甲斐があります」

架純が給湯室に弁当箱を持って立ち上がった。

まるで新妻のような仕草に、倉橋はうっとりとなった。

あれ……。

架純の後ろ姿を眺め、倉橋は鼻血をこぼしそうになった。

架純は最初に椅子に座ったときに、スカートの後ろの裾が少し捲れた状態で腰を下ろしてしまったらしい。

裾が捲れ上がったまま、折り返してしまっている。

おかげで太腿と尻の境目の辺りまで、覗けてしまったのだ。尻のカーブのギリギリのラインだ。

倉橋の目には先ほど公園で目撃したカップルのなまなましい淫景がまだ焼き付いていた。

杉の木に両手をついて後ろから貫かれていた女の尻と、目の前の架純の尻がダブって見える。幻想だ。

いかん、いかん。

倉橋は頭を振って、淫らな想いを追い出そうとしたが、股間は正直に反応した。濃紺の制服ズボンの前がまたまた一気に盛り上がる。

幸い、架純が背中を向けて、給湯室のほうへと歩き出したところだった。

本人が気づいていない分、その後ろ姿はとても淫らに見える。

女性警察官はナチュラルカラーのパンストと決まっているが、見えない部分であるパンティの色や形は自由なはずだ。

架純はどんなパンティを穿いている？

などと妄想していたら、剛直がさらに威勢を増してきた。

このままではまずい。架純が戻ってきたら、何と言い訳すればいいのだ。

倉橋はトイレに行くことにした。とりあえず、用を足せば、収まりがつくのではないか……。

それでもだめなら、この際、しごいてしまうしかない。

自己解決だ。

倉橋は立ち上がり、給湯室の奥にあるトイレに向かった。濃紺のズボンの下で、肉茎は臍《へそ》に向かって垂直になっていた。太さはちょうど警棒ぐらいだ。

トイレに行くには、どうしても給湯室を横切らなければならなかった。そこで架純が弁当箱を洗っている。

給湯室は狭い通路と化していた。

待ってもいいが、それでは振り返った架純に、膨らんだ股間に気づかれてしまう。

彼女が背中を向けている間に、トイレに入ってしまうことだ。

倉橋はそろそろ進むことにした。

架純はシンクに向かってやや前屈みに立っていたので、臀部がつんと突き出される感じになっていた。

全体的にはスレンダーに見える架純だが、そこだけに注目すると、ヒップは実にむっちりしていて蠱惑《こわく》的だった。

悩ましすぎて、白液を噴いてしまいそうだ。

「ごめん、トイレに行く」

声が上擦っていた。架純は「はい、どうぞ」と言ったまま、水道の蛇口を捻《ひね》っていた。

倉橋はカニ歩きになり、架純のヒップを見下ろしながら進んだ。ズボンの下の剛直が彼女の尻に触れたら大変なことになる。

慎重の上にも慎重を重ね、そろりそろりと、その場を通り過ぎようとした。

ところが、すれ違う際に架純の身体と重なり合った。

倉橋は思わず、息を飲んだ。

架純の捲れたスカートの裾から、ほんのわずかだが、パンティがはみ出しているのが見えた。尻を突き出しているせいだ。

よりによって、パンストのセンターシームが食い込むアノ部分だった。純白パンティだった。

とたんに倉橋はあらゆるバランス感覚を失った。

思わず昂奮してのけ反り、腰を突き出す格好になってしまう。

「わっ」

膨れ上がった股間が架純の尻の右頬に触れた。垂直に勃起した男根が服地越しとはいえ、女尻にめり込んだ。

いや……いや……いや、故意ではない。

「あんっ」

架純がびくりと尻を震わせた。

「おぉおおお」

「先輩、なんで警棒なんか持ってトイレに……」

架純が振り返った。

「あわわわっ。擦れるっ」

ズボンの生地を押し上げている男根がずりずりと、架純の尻たぼから体の正面に移動し、太腿を擦り立てながら、何と最後は架純の臍の辺りを押す形となった。

最悪の結末だ。

架純の顔が真っ赤になった。耳朶《みみたぶ》まで赤く染まっている。

「私、警棒とか言っちゃって……」

どうしていいのかわからない顔をしている。先輩に恥をかかせてしまったのと、さりとて、この状況はどうしたものかといった表情だ。

「ごめんっ、ごめんっ。わざとじゃない……漏れそうで、こうなった」

倉橋は発情を尿意にすり替えた。

「あっ……ですよね……」

架純がきまり悪そうに、もじもじと腰をよじって、密着を解こうとした。。

「そう、早くトイレに行かなきゃ」

倉橋は背中をずらした
まさかその背中が横滑りするとは思わなかった。

背後にあったのは引き戸だったのだ。

横に動く背中に押されて、引き戸が真横に動いた。

「おぉおおお」

倉橋の身体は真横に滑った。引き戸の向こう側は畳敷きの休憩室になっている。

「わっ」

今度は真横に転倒する倉橋の靴の爪先が、架純の足首を払う形になった。狭い通路状態になっている場所だから、これもいたし方なかった。

「あっ、先輩っ」

架純もバランスを失った。

手を伸ばし、倉橋の腕を摑《つか》もうとしているが、その倉橋は斜めに崩れ落ちている。

「いやんっ」

架純は虚空に両手を伸ばしたまま、開いた引き戸の向こう側に、飛びこんでいった。

「あぁあああああ」

「中村っ」

倉橋は横転したが、さほど大きな衝撃は受けなかった。股間を打たなくてよかった。手を払い、這いながら、休憩室の入口へと進んだ。

架純が気になった。

休憩室は床から三十センチほど上にある。蕎麦屋の小上がりのようなものだ。

下から見上げて倉橋は唸った。

「中村……パンツ丸見えだ」

本意ではないのは承知だが、架純は畳の上で、盛りのついた猫のようなポーズになっていた。

濃紺のスカートがすっかり捲れ上がっている。

巨尻が倉橋の目の前にドンと差し出され、遥か彼方に、その尻の五分の一スケールほどの頭があった。

デフォルメされた漫画のような構図だった。

「み、見ないでください」

「中村……俺、もうだめだ……」

倉橋は呻くように言った。架純が顔だけをこちらに向けた。畳に頬を押し付けるような格好になっている。

「倉橋先輩……私も、もうだめそうです……」

その目にはありありと発情の色が浮かんでいた。

3

休憩室は六畳間だ。

テレビもあり、小型冷蔵庫やエアコンも備わっていた。市民にはあまり見せたくない、交番勤務警官の憩いの場である。

倉橋は速攻でテーブルを壁際に押しやり、座布団を縦に並べ、その上に架純を寝かせた。

「中村……」

架純の制服のボタンを外す手が震えていた。

「あの、私、倉橋先輩となら、こうなってもいいと思っていたんですが……交番《ハコ》でマッパになるっていうのは、どうなんでしょう……明日の夜、お互い非番になるのを待っても」

架純が細めた目で言っている。

「いや、俺はもう待てない。ずっと中村のことが好きだった」

上着を脱がせた。給湯室のほうへ放り投げた。

白ブラウスのボタンを外すのも、もどかしい。もうやりたくて、やりたくて、しょうがなくなっていた。

「私もです。でも、まさか今夜、ここでとは思っていませんでした」

架純はまだ戸惑っている様子だ。倉橋は時計を見上げた。午前四時十分。

「交番ほど安全な場所はない」

「いや、そういう意味ではなくて……もし、事件が起きたら」

「事件発生があれば、警電《けいでん》が鳴る。民間企業の人間だって、オフィスでやったりしているだろう」

「ですよね……取調室や剣道場でやっちゃった署内カップルもいるそうですから……」

「だろ」

架純が頷き、自分からブラウスのボタンを外し始めた。

お互い警官だった。やる、と決定すれば行動は迅速だ。一気に制服を脱いだ。

架純は制服をすべて脱ぎ終え、ブラジャーとパンティだけになって、仰向《あおむ》けになった。飾り気のない白いブラジャーとナイロンのパンティだった。楚々《そそ》とした印象だ。

「地味なのを着用するように指導されているんです……」

「下着にまで、注文つけられるのか？」

男性警官は、そんなことまで言われたことがない。

「点検されるわけじゃないんですが、制服の下にTバックはだめってことになっています。パンストも基本肌色だけです。メイクもナチュラルにと言われます。女性警官は男性を煽情《せんじょう》してはいけないんです。女警マニアみたいな人達もいますからね……」

「そうだよな……」

女性警察官が制服を脱ぎ、裸になる姿を見ることが出来るのは、勤務中に合意を得た男性警察官だけの特権だ。

女性警察官は制服で民間人とデートすることはできないからだ。もちろん、警察官同士とはいえ、制服時のセックスは服務規程違反だろう。

倉橋はトランクス一枚になった。

正面に警視庁のシンボルマークである旭日章《きょくじつしょう》が入ったトランクスだ。男根に勲章を付けたようにも見える。架純はぷっと笑った。

「先輩それ、購買部で買ったんですか」

「いや、購買じゃ売ってない。組対課《マルボウ》の先輩が特注で作ったのを分けてくれたんだよ」

「なんで、そんなトランクス作ったんでしょう」

ブラジャーの上に手を置いた架純に聞かれた。

「抗争に巻き込まれて討ち死にしたときに、刑事だとわかるようにしておきたいんだそうだ」

言いながら、倉橋は両手を広げて、腕を曲げ、力瘤《こぶ》を作って見せた。胸には縦筋が入っている。つい自慢の肉体を見せびらかしたくなるのは、警察官の悪い癖だ。

「先輩。早く……そのトランクス、脱いで……」

架純が潤んだ瞳で言った。倉橋はあわててトランクスを脱いだ。

「架純……」

初めて名前で呼んで、その肢体に覆いかぶさった。

「健太先輩」

あわただしく架純の背中に手を回しブラジャーのホックを外す。形の良い双乳が現れた。サクランボ色の乳首は小粒だった。右側から口に含む。

「あんっ」

架純が身をよじった。バストの谷間から、甘酸っぱい匂いが立ちのぼってくる。コロンと汗が混じった香りだ。

倉橋は右の乳首を吸いながら、左側を摘《つ》まんだ。右側を吸った瞬間は、まだ柔らかだったのだが、そっと指で摘まんだ左側は、すでに硬直していて、コリコリとした感じだった。

「あはんっ」

左右同じリズムで責め立てる。

「あぁあ、はんっ」

快感の声を上げた架純が足を絡みつかせてきた。太腿に、屹立が当たる。弾力があって、気持ちがよかった。ときおり亀頭がパンティの生地に触れる。すべすべしたナイロンの感触にぞくりとさせられる。

「うっ」

ちょっとだけ先走り液をつけてしまった。

「健太先輩、硬い……」

架純が、おそるおそる指先を伸ばしてきた。人差し指で亀頭の尖端を突いてくる。風俗嬢のように、裏側を撫でたり、ぎゅっ、と握ったりはしてくれなかった。さほど男性経験はないような触り方だった。倉橋は、愛《いと》おしくてたまらなくなった。

「架純……」

乳首から口を離し、一気に体勢を変えた。架純の両脚を抱え上げ、割り開く。その間に上半身を潜り込ませた。目の前にパンティクロッチが見えた。やや盛り上がり気味に見える。

「いやっ。暗くしてください」

架純は両手で顔を覆った。部屋の灯りは煌々《こうこう》と灯っている。

「ダメなんだ。一晩中点灯しているのが決まりなんだ」

倉橋はそう答えた。事実だ。警部補からそう命じられている。休憩や仮眠をしている場合でも、警電が鳴ったら、すぐに飛び出せるようにするためだ。暗がりでまごついては、失態となる。

「そんな……」

架純が起き上がろうとしている。気が変わったのかも知れない。

倉橋はパンティクロッチに鼻面《はなづら》を突っ込んだ。発酵チーズの匂いがした。

「健太先輩、だ、だめっ……」

架純が思い切り太腿を閉じようとした。倉橋の顔が破裂しそうなほどの強さだった。女性とはいえ架純も警察官である。筋トレをしている太腿の圧力はすさまじかった。

「んぐっ」

倉橋はパンティの基底部に口を付けたまま、息絶えそうになった。

苦し紛れに舐めた。二重底になった部分に舌腹を伸ばし、ベロリベロリと舐める。

圧力が一瞬弱まった。さらに舐める。ナイロン越しに花と小さな突起物を感じた。

「はうっ……」

架純が腰を浮かせた。ガクガクと振っている。

クロッチが、涎まみれになり、筋が透けて見えてきた。くねくねうねっている。倉橋の欲情が、もう一段階あがった。

「むはっ、うむむ」

倉橋は顔を上げ、彼女の気が変わる前に、一気に脱がしてしまわなければと、パンティの両脇を両手で摑んだ。胸が張り裂けそうなほどの、昂奮を覚えながら、一気に引き下ろしにかかった。

「いやです。こんな明るいところで脱ぐのはいやです」

架純が股に両手を当てて、抵抗してきた。

それでも強引に下げて、ようやく半分だけずり下ろした。黒々とした繊毛が蛍光灯の光の下に曝《さら》された。

「いやぁ、見ないでっ、見ないでください」

思わずその毛に鼻を近付けた。牡《オス》の本能だった。リアルに生臭い匂いがした。

「うぉおおおおお」

倉橋は雄叫《おたけ》びをあげた。力任せに、パンティの前ゴムを引っ張った。

「いやぁあああああああ」

架純はクロッチ部分を両手で押さえたままだったが、徐々に女の筋が見えてきた。

隙間から白くねっとりした蜜が、滲《にじ》み出ているではないか。蛍光灯の真下なので、倉橋の目にはそれが、とんでもなく生々しく映った。

倉橋は二本の指を伸ばした。魅惑の筋目に触れる。

「うそっ、だめです。絶対にだめです」

架純は両脚をバタつかせた。踵《かかと》であばら骨を何度か蹴られたが、欲情で脳が麻痺してしまっているせいか、さして痛みは感じなかった。

半開き状態だった大陰唇を、スマホの液晶をピンチアウトするようにして拡げた。ぬらっ、と開く。中はくにゃくにゃとしていた。倉橋は息を吞んで、顔を近づけていく。

「あぁあああ。そこは、はっきり見せたくないです」

架純が身をよじる。倉橋は拡げた合わせ目の下にあるぷっくらした膨らみに舌先を伸ばした。やにわにツンと突く。あふっ、と叫んで、架純の総身が弛緩《しかん》した。

「あぁ。こんなの恥ずかしすぎます」

とうとう陥落したようだった。股間を隠そうとしていた手が離れ、代わりに顔を覆っていた。

倉橋は一気にパンティを引き下ろした。彼女の手が届かないように、部屋の隅に放った。

陰唇を開いて、じっくり覗いた。

恋焦がれていた女性の陰部の形態には、挿入以上に興味があった。

拡がったアーモンドピンクの花びらは、小ぶりで、よく見ると左右非対称であった。右ビラが大きい。突起は完全に皮に包まれていて、その顔は見えなかった。小さな渦《うず》巻《まき》といった感じだ。

左右にまだら模様に白い液が付着している。匂いを嗅ぐと、獣じみたフェロモン臭までする。

可憐な架純の顔からは想像もつかない、もうひとつの顔だった。

倉橋はくんくんと鼻を鳴らしながら、舌腹でその粘液を舐めた。蜂蜜のような粘り気があった。

「くぅううう」

舐めると花びらは、さらに巻貝のように蠢《うごめ》いた。ずっとずっと架純の花を舐めていたい気分になった。花ばかりではない。包皮から尖《とが》りを剝き出して、吸いつくしたいし、穴の中に指を入れて、こねくり回したくもあった。

だがいまは時間が限られている。

倉橋は膝立ちになった。架純の両足首を鷲《わし》摑み、一気に肩の辺りへと押し込んだ。

架純の身体は筋力があると同時に柔らかだった。簡単に丸まった。平べったい女の股座が、上を向いた。花が蠢いている。

「そんな……そんな、先輩、大胆すぎます。こんなの私、初めてです」

架純が顔から手を外した。自分のふくらはぎの間から顔を出している状態だった。羞恥にまみれた真っ赤な顔だ。

初めてと聞いて、倉橋は安堵した。慣れていると言われたら、それはショックだ。倉橋も大学時代に付き合っていた彼女以来のまん繰り返しであった。どうしても接合するその場面が見たい。ただそれだけの願望だった。

「大丈夫だ。架純は身体が柔らかいから……」

亀頭を女の泥濘の上に置いた。少し前後させて、粘膜同士を馴染ませる。ぬちゃ、ぬちゃ、と卑猥な音がした。

「恥ずかしい。本当に恥ずかしいです……」

切なそうに架純は眉間に皺《しわ》を寄せている。

「俺の顔だけを見ていればいい」

倉橋は腰を沈めた。

畳に置いたままの目覚まし時計が目に入った。

四時五分。挿入。

「あぅううう」

架純が背中に手を回して、倉橋の胸に顔を埋めてきた。倉橋は挿《さ》し込む瞬間を、目を大きく開いて見た。

蜜で濡れているとはいえ、絶対入らないような、小さな穴に、固ゆで卵のような形の亀頭が、ずるっと、潜り込んでいった。感動だった。

狭い肉路に、棹《さお》が、ぬるり、ぬるり、と滑り込んでいく。

「あっ、あっ、あ」

そこからは怒濤《どとう》の抽送《ちゅうそう》を開始した。

「おおおおっ」

「あふっ、ひゃほっ、んんんっ、いいっ、凄く、いいっ」

架純はようやく歓喜の声を上げ始めた。肉路が締まる。猛然と締め付けられた。

いかに女性警察官とはいえ、ここの括約筋《かつやくきん》まで鍛錬しているはずはないが、抜群の締まり具合だった。

「締まる。凄いよ、架純」

倉橋は夢中になった。尻の裏まで、快美感に痺れさせられた。

ふたりとも汗みどろになりながら、股を打ちつけ合った。陰茎を膣《ちつ》穴に入れて摩擦し合うほど気持ちよいことが、他にこの世にあるだろうか。

とくに架純の淫穴とは相性がよかった。

表の事務室で警電が鳴ったような気がした。ほんの少し腰の動き止めると、はっきり聞こえた。間違いなく警電の音だ。

だが、抜き差しを止める気にはなれなかった。いま、この快感を放り出すのは無理だ。

出すだけ出したら、折り返し掛けよう。

「健太先輩っ。あんっ」

架純が催促するように股を打ち返してきた。蜜壺《つぼ》を一段と窄《すぼ》めている。

「おおっ」

倉橋はその後も、ひたすら、腰を振り続けた。

4

確かにちょうど昼どきだった。

「ランチにしたいわ。ちょうど一時間ほど、余裕があるわよね。ニューオーヤマにしよっか」

市ヶ谷の国防省を出て、議事堂に向かう道すがら、後部座席にふんぞりかえる稲森《いなもり》聖子《せいこ》国防大臣が突然言い出した。四谷三丁目を過ぎたところだ。

今日はまた新しい銀縁メガネをかけている。

うそっ。いきなり予定変更って困る。

大臣専用車の助手席に座っていた警視庁警備九課一係の東山《ひがしやま》美菜《みな》は、思わず両手を握りしめた。

二十七歳の美菜は女性重要人物専任警備警察官だ。

男性のSPに対してLSPと略される。レディース・セキュリティ・ポリスだ。政治家、官僚はもとより海外からの賓客、国際的スポーツ選手まで、女性要人を専門に警護するのが任務だ。

それにしても、大臣の気まぐれに怒りの汗が滲み出てきた。

ルート変更ならまだしも、予定外の立ち寄りは、警備担当として一番の頭痛の種《たね》だ。

しかし、LSPにそれを拒む権限はない。

護《まも》ってなんぼのLSPだ。

しかし、この時間は移動だけの予定だったので、一名体制で美菜しかついていない。

まいったわ。

「中華にしますか？」

大臣の隣に座っている秘書がお伺いを立てる。若い男だ。

「あそこのラウンジレストランにしましょうよ」

四谷見付の交差点を曲がったところで、またまた大臣は気まぐれを起こして秘書に命じた。

一番広い、しかも通路に面したレストランだ。

護りにくいっ。

後ろのふたりには気づかれないように地団駄を踏んだ。

「はい、すぐに、席を取ります」

若い男性秘書がスマホを取り上げた。

美菜が振り向き「護衛の人数が足りないので、せめて個室のあるレストランへ」と言う間もなかった。

閣僚なんてそんなもんだ。

秘書は淡々と予約を入れている。

「国防大臣がこれから、そちらで昼食をとります。五分後に四人分の席の確保をお願い致します。もちろん奥の庭の見える窓際です。周りのテーブルには誰も座らせないでください」

秘書はホテル側の事情などお構いなしだった。慇懃《いんぎん》無礼《ぶれい》な物言いとはまさにこのことだ。

電話を切った秘書は、運転手に「ホテルオーヤマ」と告げた。当たり前のような言い方だ。

「政宗《まさむね》君、相変わらず、手際がいいわね。あなたのような秘書だったら、だれも『違うだろう。このハゲー』とか言わないでしょうね」

「大臣、自分はハゲていませんから」

「そうよねぇ。政宗君は、イケメンだしねぇ」

稲森が若い男性秘書の膝に手を載せた。

その手がどんどん内側に滑り込んでいく。

こら、こらっ。

SPやLSPが乗りこむ公用車には助手席に座っていても後部席とリアウィンドウが見渡せるルームミラーが、運転手とは別にもうひとつ取り付けられている。

自動車教習所の教官用のものと同じだ。

あっ、そこ触るなっ。

美菜は胸底《きょうてい》で叫んでいた。

さすがにファスナーまでは下ろしていないが、若き秘書羽田《はだ》政宗の男根はすっかり勃起しているようで、ズボンから浮かんで見える。

稲森聖子は四十七歳。当選四回の中堅ながら、総理の覚えめでたく、一年前から国防大臣に抜擢されている。

ただし、防衛に関しての知識は乏しく、国会では常にやり玉に挙げられている。

党内の保守派長老たちからの皮肉めいた叱咤激励も多い。

そのストレスを発散させせんがためか、聖子はこの若い秘書への執着が強い。常にペットのように触っていないと気がすまない状態だ。

政治家志望の秘書はよく耐えている。

美菜はすぐに警備九課一係主任の秋川涼子《あきかわりようこ》に刑事電話《ポリスモード》でメールを送り、予定変更を伝える。

返事はすぐに来た。

【まいったわね。とりあえず、今すぐ三人回すわ。ただし、五分では無理。桜田門からニューオーヤマまでは二十分かかる。それまでは、なんとかワンオペでお願い】

【入《い》りさえ、目立たずに出来れば、大丈夫かと。出《で》のタイミングまでに応援を頂けれ

ば、助かります】

【了解】

とりあえず打てる手は打った。

LSPが一番神経を尖らせるのは「入り」と「出」の徒歩のタイミングである。講演でも食事でも、警備対象者《マルタイ》が動かずにいるときは護りやすい。定位置から、周囲を見渡せるからだ。

だが歩きながらでは、どうしても死角が出来る。

「正面に着けますか？　それとも地下の駐車場に潜りますか？」

運転手が聞いてきた。すでにホテルの車寄せが見えてきている。

「先生、どうしますか？」

美菜は振り返って聞いた。ここは本人に確認するしかない。

政治家は通常、あえて人目に付く正面から堂々と入る。

内密の会談などお忍びの場合は、当然、地下駐車場から入って、エレベーターを使う。この場合、数人の秘書が先回りをして、人気のないタイミングを見計らって、降車させる。

「普通に、正面からでいいんじゃない」

稲森聖子がアヒル口で言う。目の下が紅《あか》く腫れている。発情している証拠だ。

困ったもんだ。

ニューオーヤマは正面エントランスで降車してから、ガーデンレストランまでの廊下が長い。

マスコミを通して顔の売れた稲森聖子である。一般人が見れば、携帯カメラを振りかざして、どんどん近づいてくるだろう。

当の本人にとっては、それが快感らしいが、こっちはたまったものではない。

美菜は振り返り、大臣に伝えた。

「私が先に降りて、状況確認をします。ホテルの私服警備員を数人借りますので、それまで、待機をお願いします」

「はいはい。でも、あまり物々しくしないでね。イメージダウンになっちゃうから」

大臣は背筋を伸ばした。片手は秘書の股間の上で、せわしなく動いていた。

車がエントランスに着いた。

ベルボーイがすぐに後部席の扉を開けようとするので、美菜は飛び降りた。尻ポケットから警察手帳を引き抜き提示する。

「通路を確保するまで、停車します」

ロビーに飛びこんだ。笑顔のコンシェルジュに私服警備員を要請する。真顔になったコンシェルジュがすぐに背広の襟《えり》のバッジに向かって「公人来場」と囁《ささや》く。

美菜は三百六十度見回した。

昼どきで、結構人が多い。

気持ちは一気に張り詰めた。

私服警備員たちが駆け寄ってくる。とりあえずふたり。壮年と老人だった。

「ラウンジレストランまで、左右のガードをお願いします」

「承知しました」

ホテル側の警備員を伴って、公用車の後部席扉を開けた。

「お待たせしました」

秘書、大臣の順に降りてくる。

「パスタと伊勢エビが食べたいわ」

国防大臣が舌なめずりしながら言っている。好きにしてほしい。

美菜が先導することになった。

美菜の真後ろに稲森聖子。その左右にホテル側の警備員。しんがりに若手秘書という隊形で歩くことになった。

なんとも心細い陣容に思える。たとえ囲んでいるのが四人であっても、全員がLSPもしくはSPであれば、かなり防衛力は高い。

戦闘機で囲んでいるような状態だからだ。

ところがいまは戦闘機と呼べるのは美菜だけで、残りの三人は、民間セスナ機ぐらいの能力しかなさそうなのだ。

これは日本にひとりしかいない国防大臣を守る隊形では、決してない。

美菜は急ぎ足で、ホテルのメイン通路を歩いた。

さっさとレストランに入れてしまいたい。

メニューが運ばれてくる頃には、同僚が駆けつけてくるはずだ。

フロントを抜け、ショップが居並ぶ通路に差し掛かった。美菜には無縁の高級品ばかりが並んでいる。

「東山さん、ちょっと待って、あのスカーフ見たいわ」

背中で稲森聖子の声がした。

勘弁してくださいよ。

その言葉を呑み込んで、美菜は立ちどまる。

イタリアからの直輸入品ばかりが並ぶショップだった。

「大臣、ここでウィンドウショッピングする姿は、いかにも富裕層めいてイメージダウンになります」

若手秘書が小声で言った。股間を触らせる割りには、なかなか的確な助言をする。

「窓越しに眺めるだけよ。五秒ぐらい、いいでしょう」

立ち止まった稲森聖子は、緑と白と赤のスカーフに見惚《みと》れていた。

美菜は前後左右に視線を走らせた。

ラウンジレストランから出てきた赤ら顔の男が三人、やけにこちらに視線をくれていた。

気づかれたか？

一般人にとって、稲森聖子は有名人だ。

芸能人やスポーツ選手と同じ反応を示されることが多い。ひとたびその存在に気が付いて、騒ぎたてるものがいれば、握手、写メ、サインの嵐が吹き荒れる。

芸能人やスポーツ選手は「プライベートですから」と遮断することが出来るが、政治家はこれが難しい。

相手は納税者であり選挙民なのだ。

お願い、気づかないで。握手なんか求めてこないで。

勢い美菜は男たちを睨《にら》みつけるような目になった。

三人が向かってきた。同時に一気にやって来る。

稲森聖子は通路に背中を向けたまま、小首をかしげてスカーフに見惚れている。

秘書と警備員がとりあえず半円形に囲んでいる
そこに三人のうちのひとりが突っ込んできた。

「痛《いた》っ」

尻を蹴られた秘書が床に崩れ落ちた。尻の真下の股間に向かって、男の膝がアッパーカットのように打ちあがったので、秘書はひとたまりもなかったようだ
紅顔のイケメン秘書が睾丸《こうがん》を押さえて、床に向かって荒い息を吐いている。

どうやら相手は格闘のプロらしいと判断した。

なんて面倒くさいことになったのよ。

美菜は黒のタイトスカートの右裾を上げた。ぐいと引き上げる。

パンストではなく黒のストッキングにガータベルトをつけている。

コスプレとかではないので、ガータベルトは赤ではない。普通に黒だ。

ガータベルトはLSPの通常装備品だ。

右のガータには細い伸縮警棒が差し込んである。江戸時代の同心が持っていた十手

のようなものだ。

左のガータには、ジャックナイフが挟まれているが、これはよほどのことがない限り使わない。

美菜は細身の伸縮警棒をさっと振った。二十センチぐらいだったものが五十センチにまで伸びる。鉄製なので威力はある。

「警察が売国奴を護るのかっ」

背後にいたふたりが怒鳴った。酒臭い。

つまりテロリストではないということだ。

ホテルの警備員はとりあえず両手を広げたが、腰は引けていた。制服を着て警棒でも持っていれば、まだ威嚇《いかく》にもなろうが、ふたりは丸腰のようだ。

これではただの老人が突っ立っているに過ぎない。稲森聖子はショーウィンドウに背中をつけて、頬を引き攣らせていた。

「あなたちは、何者ですかっ」

美菜が怒鳴った。周囲の耳目《じもく》を集めるのも手だ。通りを行き交う人々が悲鳴を上げて、足を止めた。

誰か警察に通報してよっ。

そう願った。所轄の地域課警官でも、交通課の巡査でもなんでもいい。とにかく手錠と警棒を持った本職に来てほしい。

ひとりじゃ守り切れないってばさっ。

「俺らは国を純粋に愛している……平成新鮮党《へいせいしんせんとう》の者だ」

八百屋《やおや》のような団体名だ。たぶん新撰組を気取る似非右翼《えせうよく》。

こちらが手薄と見て、名を上げる気らしい。

おそらく、彼らは本気で大臣を傷つけるつもりはない。

暴れて新聞沙汰にでもなれば名が上がり、その後、恐喝する場合に役立つぐらいに思っているのだろう。

どこかの企業を強請《ゆす》った金で、昼間からホテルのラウンジで酒盛りをしていた手合いだ。

美菜はまず稲森の手首を持って、自分の脇に寄せた。伸縮棒を男のひとりに向けたままだ。

稲森の手は冷たかった。

膝はガタガタ震えている。

ショーウィンドウを背にしたまま、稲森の手を引き横に動いた。扉まで横歩きした。

扉を背中で押す。動かない。

稲森の手首をいったん離し、把手《とって》を引く。扉が開きかけたところに、先頭にいた男の背中から、いきなり別な男が飛び出してきた。

美菜の上腕を狙って、拳《こぶし》を飛ばしてくる。

伸縮警棒を落とさせる気だ。

美菜は腕を畳んで肘を突き出した。カウンター気味に男の胸に当たる。

「くえっ」

男が横転した。人相に凄みはあるが、動きは緩い。武道の心得はあるのだろうが、鍛錬はしていない。そんな感じだ。

開いた扉から、ショップの中へ稲森を押し込んだ。

「ロックして」

そう店員に叫んだ。

透けて中の様子が丸見えとはいえ、このガラスは強度のあるアクリルガラスだ。銃弾でも撃ち込まない限り、そうそう割れるものではない。

稲森聖子は、ショップの中に放り込まれると、へなへなと床に座り込み、顎をしゃくりながら泣きはじめた。

世間知らずのお姫さまか？

「身辺警護役の警察官のくせに、ガータベルトなどという淫らな下着をつけておって、許せんっ。この奸臣《かんしん》めがっ」

大時代がかったセリフを吐いて、最後のひとりが飛びかかってきた。

ヒグマのような男だった。

ベアハグするような格好で抱き付いてくる。

美菜はためらわず、ヒグマ男の無防備になっている股間に膝を打ち込んだ。膝頭が、円《まる》いふたつの玉を捉えた感触があった。

大きくて、硬い。

砕《くだ》けろっ。

ガン、ガン、と連発した。

「あうっ、卑怯なっ」

ヒグマ男は目を剝いて屈みこんだ。

「あなたたちに卑怯と言われる筋合いはないわ。それより、大の男が三人がかりで囲んできたのに、女ひとりに倒されたんじゃ、平成新鮮党とやらも名折れだわね」

美菜は挑発した。タイトスカートのスリットの辺りをやや引き上げる。動きやすくするためだ。

男たちの注意を自分に引き付けておかなければならない。金蹴りを受けた男は当分動けまい。実質相手はふたりだ。

「そういう、生意気な口の利き方をする女が許せないっ」

最初の男が手刀を振ってきた。この男が一番喧嘩《けんか》慣れしているようだ。襷《たすき》がけに振り下ろしてくる。

美菜は屈みこんだ。あえて肩を打たせた。手刀が左肩にガツンと当たった。

「うわぁああ」

叫んだのは男の方だった。

黒のジャケットには鉄の肩パットが入っている。ＬＳＰの防衛方法として最も多いのが体当たりだ。肩パットそのものが武器なのだ。

振り下ろした先は瓦ではない。

鉄板だ。

頭に血が上るほど痺れたはずだ。

見上げれば男は手を押さえて、顔を顰《しか》めている。必死に歯を食いしばって堪えている表情だ。

似非右翼でも、体裁は保ちたいのだろう。

ならば……とことん見舞ってやる。

美菜は屈んだままの態勢から、フィギュアスケート選手のように、片足を床に水平に上げたまま、独楽《こま》のように回転した。

革靴《ローファー》の爪先にも鉄が仕込まれている。

男の膝下を狙う。通称弁慶の泣き所だ。

ガツンッと当たった。骨の折れる音。

「うわぁあああああ」

男は打たれた足を上げ、片脚で飛ぶように後退した。

顔面が蒼白《そうはく》になっているが、それ以上、声は上げなかった。まだ何が起こったのかわからないような表情だ。

美菜の身体はもう一周していた。

爪先を、もう少し伸ばす。

男のもう一方の膝を叩いた。

ビシッ。骨を砕いた感触があった。

男は今度こそ絶叫した。

「うぎゃぁああああっ」

両足が一度宙に浮き、尻から床に落ちている。

尾てい骨も打ったようだ。

立ち上がろうと、必死にもがいているが、膝から下に力が入らないようだ。苦悶の表情を浮かべたまま、手と頭だけをバタバタ動かしている。

「このアマ〜、舐めやがって」

肘打ちを食らって横転していた男が跳ね起きて、再度挑んでくる。

お腹が空いているときにうるさいわ……。

男を黙らせるには、二つの方法がある。

ひとりは金蹴りにした。

だったら、あんたは、これで。

美菜は立ち上がり、両手でスカートの裾を太腿の上まで持ち上げ、右脚を大きく振り上げた。黒いパンツが丸見えになったが、上方に伸びた爪先が最後の男の顎を打ち砕いた。男は口を開けたまま黙った。

たぶん、当分口を閉めることはできない。その間、ずっと痛い。

ようやく制服警官が十人ぐらい走り寄ってきた。美菜は腕時計を見た。

十分かかっていなかった。まだランチをしていく余裕はありそうだった。

5

「美菜ちゃ〜ん。ちょっと応接室へ」

警視庁警備九課の出戻り課長、明田真子《あけたまこ》の声が響いた。

「はいっ」

一係の自席でマニュキュアを塗っていた東山美菜は、慌てて立ち上がった。

国防大臣稲森聖子が、突然辞任したのだ。

三日前の暴漢事件に、総理と官房長官が危機感を抱いたのだ。

もともと資質に問題があったことは、総理も認めていた。それでも、将来の政権を担《にな》う候補者のひとりとして、安全保障関連について学ばせようと、国防相に取り立てたのだ。

しかし、やはり無理だったと気が付いたようだ。

国防相というもっとも防衛に対してセンシティブでなければならない立場の人間が、警備員が手薄な状態で予定外のランチを入れるなど、もってのほかだと判断したようだ。

そして、なにより暴漢に襲われた際に、床にへたり込んで、しゃくり上げながら泣いていた姿がテレビのニュースに流れたのだから、もはや、この大臣は万事休すだった。

官房長官が進言したらしい。

『かっこ悪すぎました……』

即日、総理が自主的に辞任するよう、引導を渡したようだ。

後任には、元国防相だったベテラン議員が返り咲いた。男性だ。

おかげで、美菜の担当も解かれていた。

次は誰の担当になるのだろう。

配属が決まったのかも知れない。

美菜は、たったいま塗り終えたばかりの左の五指のマニュキュアを眺めながら、立ち上がった。

透明のマニュキュアだが、案外、上手に塗れている。

応接室の扉は開いたままだった。先に入っている明田真子、通称アケマンが腕を組んで待ち構えている。

いつになく厳しい顔だ。

美菜は入り口の前で、いったん立ち止まり、敬礼した。

「東山、入室しますっ」

「どうぞ。扉を閉めてください」

「はいっ」

美菜は応接室に入り、明田の前に座った。

「突然ですが、あなたに辞令が出ました」

明田が辞令の紙をローテーブルの上に置いた。美菜は驚いた。十二月である。人事異動の時期ではない。

「先日のホテルオーヤマでの大臣護衛の不手際が理由でしょうか」

咄嗟に思い浮かべた文字が「左遷」の二文字だ。

「いえ、そういうことではありませんよ。あれがあなたのせいじゃないのは上層部は知っているわ。違うのよ……新設部門が出来てね、私が課長を兼ねることになったの。で、美菜ちゃんに一時的にそこを手伝ってもらいたいの。だから転属じゃなくて出向ね」

美菜は安堵した。警備九課一係に配属になって四年になる。まだまだ続けたい気持ちが強い。しかし短期間の出向ならば、それはＬＳＰとしての視野を広げる意味でも役立ちそうだ。

「出向先はどちらでしょうか」

「仙台になります。宮城県警の北青葉《きたあおば》署。ちょっと寒い時期にごめんね」

「えっ？」

美菜は唸った。というか呆気に取られた。

「警視庁管内ではないのですか？」

美菜は警視庁職員だ。宮城県警の所轄署に出向くとは、どういうことだ？

「説明するわね」

明田がローテーブルの上にタブレットを置いた。美菜の方に向けて、タップした。

いきなり見慣れない部門名が浮かんだ。

「新部門とは警察庁警務課風紀一係準備室。上層部は『フーイチ』と呼んでいます」

美菜は首を傾《かし》げた。

「あの、これ、どういう部門でしょうか」

「ほら、このところ警察官の風紀の乱れが続いているでしょう。世田谷の交番エッチ事件とか、噂ぐらい聞いているでしょう……」

明田は顔を顰めた。

「はい。噂レベルでは……」

その話は交通課の女友達たちを通じて知っていた。

先週の明け方、交番の休憩室でやっていたカップルの話だ。

世田谷南署の交番ボーイとミニパトガールが、交番の休憩室でやりまくっていて、所轄の捜査課から警電が入ったのに、気づかなかったという話だ。

正式公表されていないので、あくまでも噂である。

事実であっても世田谷南署はもちろん、警視庁としても隠蔽《いんぺい》したい事案であろう。

美菜にしてみれば、運が悪かったとしか思えない一件だった。

キャリアの明田には信じられないだろうが、その程度のレベルのことは、現場警察官の間では多々あるのだ。

ふたりは運が悪すぎた。

「それで警察庁の上層部が綱紀粛正《こうきしゅくせい》を唱えて、風紀部門を発足させることにしたの」

「まるで、学校ですね」

「まぁ、これ読んでよ。これだけのことが起こっているときに、もっとも地元に詳しい地域課が動けなかったのはやはり失態よ」

明田が世田谷南署から入手したという事件の調書のコピーをローテーブルの上に置いた。

それによると警電が入ったのは、その時間に付近で襲撃事件が発生したからだった。襲われたのは、大手警備会社の会長、加瀬計造。

東京駅に向かうためにハイヤーに乗り込もうとした瞬間に、走り寄ってきた二人組に拳銃を発砲されたのだ。

襲ってきたのは男女のカップル。ジョギングを装《よそお》って接近したという。拳銃は男の方だけが持っていた。

幸い銃弾は外れ、加瀬計造は転倒した際に受けたかすり傷程度ですんだ。ただ、容疑者のふたりはそのまま逃走してしまった。

行方はわかっていない。

鑑識の調べでは、弾丸の痕跡から拳銃は密造銃であると断定されている。

「運転手がすぐに助手席から伸縮棒とカラーボールを取り出したので、容疑者は予定より早く発砲をしたんだと思う。あと二メートル接近していたら、はずれなかったと思う」

「立派な殺人未遂ですが、報道されていませんね」

「加瀬計造氏からの申し出で、マスコミ発表は伏せてあるの。警備会社の会長が襲撃されたとあっては社のイメージダウンになるというのよ。まぁ、わからなくもないけどね。もちろん捜査には協力してくれているわ」

「隠蔽に対する外部的な口実が出来て、むしろ幸いでしたね」

美菜はため息をついた。

人が殺されそうなときに、警官がおまんこしていちゃだめだ。

「運転手から通報を受けた世田谷南署が、すぐに最寄りの交番に連絡を入れたが、当直者は出なかったらしいの」

「真っ最中だったら、我を忘れちゃいますよね」

たぶん、自分でもそうかもしれない。

「現場に急行したパトカーが交番を覗くと、真っ裸の男女が休憩室で……なんて言うんですか、私、そんな体位名に詳しくないんですが……女がこういう形で、男が上から、こんなふうに乗っていたそうです」

明田真子がいちいち身体を動かして説明してくれた。

「それは、たぶん、仏壇返しっていうやつです」

美菜は教えてやった。

「あっ、そう。そう言うんだ。いずれにしても、恥ずかしすぎる話なので、極秘扱いになっているわ」

「事件のほうは捜査一課《ソーイチ》が追っていますが、とりあえず風紀一係としても、各警察署の乱れ具合の実態調査に乗り出そうと」

よりによって、とんでもない任務だ。

「お言葉を返すようですが、それは本来、人事の監察官のレベルの仕事じゃないでしょうか。しかも潜入業務になりますよね」

警察内の不祥事の調査には人事一課《ヒトイチ》や人事二課《ヒトニ》の監察官があたる。

「監察が動いたら、みんなそのときだけは、きちんとして、帰ったら、またもとのままに戻すわ」

「ということは私に、密告者になれと……」

美菜はやや抵抗があった。監察という言葉が警察内で忌《い》み嫌われるのは、仲間の仕事をすべて疑ってかかる連中だからだ。

「だから、調べ先は警視庁管内じゃないのよ……仲間を売れとは言わないわ」

明田が言った。ウインクされた。

「ということは逆に、私たちの所属する警視庁管内には、北海道警あたりから、潜入風紀警察官が入るということでしょうか」

　切り返してみた。

　LSPの主任である秋川涼子や、重要案件では連携をとることの多い警備一課のSSP（スペシャル・セキュリティ・ポリス）の岡田潤平《おかだじゅんぺい》には教えておきたい。

「それは極秘よ。でもSPとLSPの粗探《あらさが》しは私がさせないから安心して」

　明田は意味ありげに笑った。

「そういうわけだから、美菜ちゃんはこの瞬間からまず警察庁に出向してもらう」

「そんな簡単に出向出来るんですか？」

　警視庁は「東京を守る組織」で殆どが地方公務員。警察庁は「全国の警察を管理する組織」で国家公務員だ。ちなみに警視庁のトップは警視総監。警察庁のトップは警察庁長官。長官は政治家でいえば閣僚に匹敵する。

「今回ちょっとワケアリだから特別扱いよ。総監から直接長官に進言してもらったわ」

　明田が肩をすぼめて見せる。ワケアリのワケは教えてくれない。

「しかしLSPの中から、なんで私なのでしょう」

「蛇《じゃ》の道は蛇《へび》だと思うからです。風紀の乱れを発見するには、そもそも乱れている人が適任なんじゃないでしょうかと」

明田がしゃらんとした顔で言っている。

美菜は無言で睨み返したが、気を取り直して、聞いた。

「北青葉署には、どういう立場で、潜入することになるのでしょうか」

どのみち、この出向は撤回されないのだ。もはや腹を括《くく》るしかない。

「現所属の警備課員として出向してもらいます。その方がリアルですから。口実は二〇二〇年の東京オリンピックの際の合同警備ための、事前人脈作り、ということにしてあります」

「なるほど。宮城県は共同開催地でもあるから、いい口実ですね」

といったものの相当無理はあると思った。

普通はキャリアが先に詰める話だろう。

「もっともあちらも、警備内容の手の内を見せたくないはずだから、美菜のことは内勤に使うでしょうね。せいぜい伝票整理とか……」

「内勤のほうが署内の事情について、観察しやすいですから、いいですよね」

「そういうことです。では、すぐに異動してください」

「はいっ」

と美菜は返事をした。
しかし、あと一週間でクリスマスだというのに、急な転勤となったものだ。

第二章　風紀刑事

1

午前八時。

雪が舞い、路面が青光りして見える商店街を東山美菜は慎重に歩いた。

東京からそのままローヒールを履いてきたので、とにかく滑ってしょうがない。キャリーケースも滑りすぎて、逆に方向が定まらないので、持ち上げて歩いていた。どう歩いても、ふらふらとした足取りになる。

黒のピーコートを着ていた。

コートの中も黒のビジネススーツだ。転勤初日なのでパンツではなく、タイトスカート。

ちなみにパンストもショーツも黒……。

だいたい、これから籍を置く、所轄の警備課庶務係というのが、私服でいいのか、制服を着るべきなのかも判断しかねた。

警視庁では全員制服であったが、所轄はその限りではなかった。区役所のように私服で勤務している女性も多くいた。

宮城県警の決まりを調べている暇もなかった。

なんてったって、内示二日後には着任するように命じられたのだ。

明田から受けた風紀上好ましくない人物の摘発任務は、それだけ急を要しているということだ。

北青葉署がようやく見えてきた。

歩きにくいうえに、朝六時東京駅発のはやぶさに乗り込んできたので、まだ眠くてしょうがない。

ちなみに、世田谷で襲われた加瀬計造は、あの日、同じ列車で仙台に向かおうとしていたらしい。

赤煉瓦作りの警察署だった。相当古そうであったが、そのぶん重厚感があった。五段ほどの階段がついている。

その上に長い木棒を持った立番がいた。背が高く肩幅のある男だった。いい男だ。所属は地域課だろうか。三十歳ぐらいだ。

美菜は立番に向かって敬礼した。

「東山美菜と言います。警視庁警備課から出向してきました。お世話になります」

「ご苦労様です」

立番も敬礼を返してきた。

美菜はキャリーケースを右手で、ぐいと抱え上げ、身体を斜めにしたまま、階段をあがろうとした。コンクリートの階段は凍結しているように見える。薄い氷が張っていた。

「あっ」

右足をあげたとたんに、左足が滑った
足元を掬《すく》われるとはまさにこのことだ。

あれっ、バランスを崩したな……と感じた瞬間には、キャリーケースを放り投げて、尻から落ちていた。

尻から落ちたのは防衛本能だった。

前に転倒すれば、コンクリートの階段に頭から落ちる可能性があった。頭蓋骨損傷もあり得る。尻ならば、まだましだ。巨尻が自分を守ってくれると信じた。

「きゃっ」

雪道に尻餅をついた。尾てい骨が痺れ、脳に火花が散ったが、打撲のダメージはそれほどでもない。

ダメージは心の方だった。

「いやん」

M字開脚をしていたのだ。

舞い落ちる雪の欠片《かけら》が、広げた股間の中にまで入ってくる。

見上げれば立番が、目を大きく見開いていた。珍しいものを見る目だった。

頭部の損傷は免れたが、女のプライドは木っ端微塵に打ち砕かれた。

「あぁ」

美穂は、さらに嘆息した。

パンストの奥を見せたばかりではなかった。放り投げたキャリーケースが、階段の角にぶつかり、口が開き、路上に荷物が散乱してしまったのだ。

書類やセーターばかりなら、まだいい。下着の入った透明なビニール袋も飛んでいた。白と黒が大半だが、赤や黄色も混じっている。折りたたんでいるので、形までバレないのが幸いと言えば幸いだが、恥ずかしいことに変わりはない。

「大丈夫ですか」

スノーブーツを履いた立番が、すぐに階段を下りてきた。美菜は、起こしてくれるものとばかり思い、右手を差し出した。

ところが立番の男は、その手を無視して、道路に転がっているビニール袋にまっしぐらに向かった。

東北の男は無粋だ。

パンティを見せたままの女を先に救えっ。

美菜は胸底で舌打ちをしたが、立番は、通りの人々に向かって警笛まで吹いた。通行人が一斉に足を止めた。

そ、そこまですることですか。

立番はビニール袋を覗いたまま、拾い上げようともしない。不審物を見る目だ。

さすがに美菜は切れた。

「あのっ、勝手に覗かないでください。それ私の下着ですから。いきなりセクハラですかっ」

立番は、一瞬、瞳を横に動かして、美菜を見たが、すぐに真下にある下着袋を注視した。先ほどとは違う低い声で言った。

「あんた、そこを動くな。警視庁の警察手帳をこちらに投げろっ」

「なんで、そんな命令口調なんですか。私、なにしました。というか転倒しているんですよ。救助義務はないんですか」

「それよりこの袋の中を点検したい」

「女性職員を侮辱する気ですか。それともあなた変態ですかっ」

美穂は怒鳴った。

「妙な音がしているのはなんだ」

立番は首を横にしてビニール袋の方へ耳を向けている。

美穂は絶句した。これは早く立ち上がらないといけない。

どうしてもあのビニール袋をすぐに手元に取り戻さねばならない。朝の八時に世間に曝せるようなものではない。

「ごめんなさいっ」

美菜は身体を起こして、片膝を突きながら、叫んだ。臀部が痛くて、まだ力が入らなかった。

「何を仕掛けた」

立番は署の入り口に向かって、警笛を吹こうとした。中の人間に報《しら》せるためだろう。

「違います……笛は吹かないでっ、白状します……」

立番はよけいに顔を顰めた。鋭い視線で美菜を見つめている。通行人も足を止めて見ている。

「何が入っている？　いいか、そこを動くんじゃないぞ。手は道路に突いたままにしろ」

最悪の状況になった。せめて通行人さえ、注目していなければ……美菜は震えながら唇を動かした。

「〇〇〇です」

なんとか口だけを動かして伝えようとした。

「ああ？　なんだって？」

立番が目を細めて考え込む顔した。

「バ……バ……バ……」

声が震えて、どうしてもその先の言葉が出ない。

「わかんねぇよ。ちゃんと言えよ」

美菜は尻を押さえながら、立番に近づこうとした。

「動くなって言っただろ」

立番が腰裏から手錠を取り出した。

美菜は、道路の上を見た。うっすらと雪で覆われていた。そこに文字を書いた。

通行人には見えないように、立番にだけわかるように書いた。

『バイブレータ』

「……」

立番がそれを見て無言になった。

わかったような、わからないような顔つきだ。

美菜は手で説明しようと試みた。左右の手で筒を作って、縦に並べてみた。それを上下に動かして見せる。

自分自身、朝っぱらから警察署の前で何をしているんだろうと、思った。

これは男の棹を握って、上下させているようなポーズだ。

さすがに立番も合点がいったようだった。

「マジ？」

美菜は頷いた。雪に書いた文字を消して、顎をしゃくり、通行人を動かすように促した。

「すみません。みなさん、どうぞ」

立番が笑顔を見せながら、手を回した。通行人が動き出した。ストップモーションで止まっていた映像が、動き出したような光景だった。

「動いていいですか」

「まず警察手帳を見せてくれ」

美菜はコートのポケットから旭日章の入った手帳を出し、立番にかざした。

「動いていい」

美菜はよろよろと立ち上がり、下着袋のほうへと進んだ。さすがに立番が肩と腕を貸してくれた。

尻を叩きながら、拾い上げる。スイッチを切ろうと手を突っ込んだ。

「念のために、見せてくれるか?」

立番が覗き込んでくる。

「えっ……見るんですか……」

「確認しなきゃならない」

「まさか報告書に書かないですよね」

美菜はうろたえた。警察官というのは、なにからなにまで報告書に書くのだ。捜査課の刑事も、張り込みや取り調べをしている時間よりも、報告書を記している時間の方が長いと、愚痴っている。

「普通は書くでしょう」

立番が平然と言っている。

「すごく私的な事案だと思いますが」

「それは本官が判断することだと思うが」

「公的であるわけがないでしょう」

美菜は半ばキレながら、下着の中に手を突っ込んだ。

「これです」

十枚ほどのパンティに包まれたバイブレータの尖端だけを見せた。

愛用の黒バイブだ。

白日のもとで、上からこの部分だけを眺めると、なんともグロテスクな代物《しろもの》だ。

「ちょっと白いものが付着しているのは？」

「これ、いま降ってきている雪ですっ。私のじゃありませんっ」

愛液では断じてない。

「そうですよねぇ……で、これ本当にあなたの個人用ですよねぇ」

立番が黒バイブの亀頭部とこちらの股間を見比べている。

何を想像している?

美菜は完璧にキレた。

「なんなら、ジャスト・フィットしているかどうか、試しますかっ」

一気に引き抜いた。

粉雪の舞う空間にいきなり黒い警棒のような極太バイブが現れる。

「いやんっ」

挙句の果てに、クリトリス用の枝の部分に赤いTバックが引っかかったまま出てきた。

もはや立つ瀬はどこにもなかった。立番もうろたえた。

「いやいや、署の前でそれを振り回されても……わかった、わかった。もう確認したからいい。こっちも職務だからしかたないんだ。勘弁してくれ。最近は爆弾を抱えて入ってくる奴がいてもおかしくないからな、疑わざるを得ないんだ」

立番がくるりと背中を向けて、散乱した荷物を拾い集めてくれた。

「ありがとうございます」

「報告書には、出向者が転倒したが異常なし、とだけ書いておく」

「個人情報の守秘に感謝します」

美菜は立番にエスコートされて階段を昇った。この男にはもう裸と自慰を見られてしまったのと同じだ。おかげで親近感を得た。

「警備課は二階の一番奥だ」

「わかりました」

美菜は署内に入った。一階は交通課が占めていた。白と緑のラインの入った腕章をした警官たちが忙しく立ち働いている。

会釈をして階段を上がった。

二階に上がる。捜査課の各部署の扉の前を通って、最奥の警備課に入った。

五十人ほどの部署だった。

2

「東山さんには、とりあえず内勤業務をお願いします。具体的な内容はそこにいる松《まつ》川《かわ》さんに聞いてください。東山さんは現場には精通しているでしょうから、おもにバックヤードを見ていただいたほうが、今後の連携に役立つでしょうというのが、副署長のご判断で」

人懐こそうな顔をした係長にそう教わった。

警備課は警備課でも庶務係の係長だ。

美菜は宮城県警北青葉署警備課庶務係に配属されたのだ。やはりそうそうは警備体制の手の内は明かせないということなのだろう。

それとも、他に知られたくないことがあるのか？

美菜は係長席で直立したまま説明を聞いた。

捜査や警備系の部門にも総務課と連携する事務担当セクションとして、庶務係が配置されているのだ。

警備課庶務係長の名は橋爪信二《はしづめしんじ》。

あと二年で定年退職だそうだ。五十八歳ということになる。

橋爪は宮城県警に勤務して以来、県内各署の警備課や捜査課の庶務係を経てきたのだそうだ。

最後の五年間を市街地の有力所轄署勤務となって、めでたく卒業できるということは、この男が県警人事部に愛《め》でられている証拠だろう。

「わかりました」

美菜は敬礼をして、教えられた席に着いた。

庶務係員たちは机に向かって黙々と事務を執っているが、上目使いに美菜の様子を窺《うかが》っているのがわかった。よそ者を牽制する視線だ。人員は五名。警備課員約五十名の精算伝票の整理や、物品購入などの事務仕事をこなしている。

「初めまして。東山です。よろしくお願いします」

美菜は周囲の人間たちに挨拶して、先ほど紹介された松川千恵美《ちえみ》の横に用意された席に座った。

職員たちも、とりあえず、目で挨拶を返してきた。

なんとなく重い雰囲気だ。

「松川です。こちらこそ、よろしくお願いします。私、まだ二年目ですから、まだ知らないことばかりで」

この松川千恵美だけは明るかった。

しかし二年目の彼女に仕事を教えてもらえということは、さぞかし単純な作業なのだろう。その程度しか内部事情を見せたくないということだ。

千恵美は私服だった。

白いシャツに薄いグリーンのカーディガン。それにベージュのギャザースカートを穿いていた。

まだあどけない顔をしている。

足元は茶色のスノーブーツだった。ちょっと地味な女子大風。

二十四歳だそうだ。三コ下だ。美菜は照れた。若い女はやはり眩《まぶ》しい。

「いやいや、私は、交通課ではミニパト勤務だったし、警備課でも現場ばかり。事務系の仕事は全然経験がないの。いい機会だから学ばせてもらうわ」

わざと砕けた調子で言う。

「主な仕事は、精算伝票に間違いがないかどうか検算したり、申請のあった物品の購入手続きを取ったりとか、そんな単純なことばかりです。あとは仙台で国際会議なんかが開かれた場合、バックヤードの事務担当として駆り出されたりします……というか、それより東山さん、その靴、大丈夫ですか。冬の仙台で、革靴って、危ないですよ」

千恵美が美菜の足元を見て、心配そうな顔をした。

「そうなのよ。さっきも転んじゃった。お昼休みに、スノーブーツを買いに行きたいんだけど、近くにお店あるかな？」

「出てすぐの商店街に昔ながらの靴店があります。私がご案内します」

「ありがとう。じゃあ、ランチ奢るわ」

「本当ですか。マジ嬉しいです」

千恵美が目を輝かせた。初々《ういうい》しい。

「ただし、予算はひとり千円以内よ」

「そんなにしないです。税込み八百円の牛タン定食屋さんにご案内します」

それからしばらくの間、細かく仕事内容を教わった。

確かに単純作業ばかりだった。伝票の整理が主な仕事だった。

「いちおう伝票はすべて疑えって言われているんです」

「わかるわ。刑事も交通費ごまかすから……歩いたところも、バスや電車にするでしょう」

「そうなんです。あと、やたら、文房具の消耗が早い人って、たいがい家に持ち帰っているんです。受験生を抱えていたりするんですよね」

「そうなんだ」

わからないでもない。

そのほかにいくつかの必要書類の入ったロッカーや、署内の配置なども千恵美の案内で確認した。北青葉警察署は総員二百三十名であった。警視庁管内で言えば中規模の警察署である。

ランチに出かける時間となった。

千恵美が橋爪に申し出てくれた。

「東山さんを北野靴店に案内するので、十分ほど早く出ていいですか」

「おぉ、それは公務だ。かまわんよ」

「じゃあ、主任に私のお弁当、差し上げます。私、東山さんに御馳走になりますから」

千恵美はタータンチェックのハンカチに包んだ円形のランチボックスを、主任のデスクに置いた。

「それは、ありがたい。いろいろ教えてあげることもあるだろう。ゆっくりしてきなさい」

千恵美と一緒に署を出た。

立番は交替していた。

いまは中年のいかついおっさんが立っている。

千恵美の案内で五分ほど歩き、靴店に到着した。

まさに昭和の靴店であった。置かれているブーツはどれも実用的なものばかりだ。

「おしゃれなデザインブーツはデパートとか国分町《こくぶんちょう》の専門店に行かないとありませんよ。とりあえず、転倒防止には実用性があればいいですよね。この店、うちの署の購買係に納入しているので、プライベートでも半額ぐらいで売っていただけます」

千恵美が言った。

それは癒着《ゆちゃく》にならないのだろうかと思ったが、口を噤《つぐ》んだ。

その署にはその署なりの近隣住民との付き合いがある。

黒のビジネススーツにはこんなものだろうという地味なブーツを選んだ。たしかに付けてある値札の四割引きの価格で購入できた。

ブーツを履くと各段に歩きやすかった。凍結路を歩くのも、楽しくなる。

小降りではあったが相変わらず雪は降っていた。

「ねぇ、仙台の人って、雪でもあんまり傘はささないんだね」

今朝からずっと思っていたことだ。

「言われてみればそうですね。雨の日は傘をさすんですが、雪の日は帽子のままの人が多いですね。粉雪の日とかなら、それで充分です」

千恵美は赤い毛糸の帽子を被っていた。

「そうなんだ。わたしも帽子を買おう。帽子なら、署内の売店でもあるかしら」

「うーん……たぶんありますけど、野暮ったい帽子ばかりですよ」

「防寒になればいいんだから、見た目なんかどうでもいいわ。今度買いに行こう」

そんなことを言っている間に「牛タンの秋山」の前に到着した。

店はちょうどピークを越えた雰囲気であった。美菜たちは隅のテーブルについた。

メニューは牛タン定食しかなかった。

「夜は居酒屋みたいにいろいろなメニューを出すんですけどね。ランチは牛タンに一本化しているんです」

千恵美が教えてくれた。

五分ほどで牛タン定食がやってきた。美菜は一口食べて、その軟らかい歯ごたえに感動した。

千恵美も笑顔で箸《はし》を進めている。

美味しいものを食べているとき、人は無言になる。お互い何も語らず、牛タンを食べることに没頭した。

美菜が最後の一枚を咀嚼しおえ、蜆《しじみ》の味噌汁を啜《すす》ったところで、いきなり千恵美が口を開いた。

「みんな東山さんの目を気にしています」

これまでとは打って変わった真剣な眼差《まなざ》しだった。美菜は驚いた。

「どういうこと？」

「東山さんは、新設される警察庁風紀一係の内偵員だっていう噂です。風紀刑事《ふうきデカ》だって……」

美菜は箸を落としそうになった。なぜ知っている。

「風紀刑事って、なんのこと？」

空とぼけたが、さすがに驚愕した。一瞬血の気がひいた。

「県警本部の警備課からその噂が流れてきていますよ。警察庁が風紀取り締まりを実施する前に、ノンキャリを使って、まずは内部調査をさせるらしいと……」

美しいほどの筒抜けかただ。美菜の胸底で粉雪が舞った。

「だいたい警視庁がこんな時期に、東京オリンピックのための打ち合わせで、わざわざ特定の所轄に出向させるわけがないって……そもそもオリンピックの予選が行われる宮城サッカー場はうちの管轄ではありません。宮城野区ですから……」

たしかにありえない。だが、想定内だ。

なら千恵美を味方につけるしかない。

「まいったわね。宮城県警の情報取集能力の高さって、さすがだわ。というか、どこの県警だって自分たちの恥になることは晒《さら》したくないものね。ちゃんと注意警報を流したってわけよね」

みずから肯定したのだ。ついでに言った。

「私も、こういう役は、いやなんだけど……身内の秘め事を探すなんて」

「えっ、やっぱり、そうだったんですかっ。私、ただの噂だと……」

千恵美の方が驚いた顔になった。

むしろ、いきなり肯定されて、どう反応すればいいのか、困惑しているようだ。

「千恵美ちゃん、いちおう、内緒にしておいてくれないかな」

美菜は真顔で言った。

「は、はいっ。でも、風紀一係ってどんな調査するんですか？」

興味津々の顔だった。

「署内や管区内の交番で勤務中に淫らなことをしていないかとか、署内不倫はどの程度とかね。そういうのを探索しろと言われているの。監察官じゃないから、使途不明金とか犯罪組織への内通とか、そういう深いところはノータッチ」

ざっくばらんに教えた。どのみち噂は広がっているのだろう。

「署内不倫ですか……」

千恵美は一瞬、声を落とした。署内不倫カップルを知っているという顔だ。

「ねぇ、千恵美ちゃん。ばらしちゃったんだからさ、この件、協力してくれないかな」

「えっ、私がですか？」

「そう。ここに私が送り込まれたってことは、警察庁《サッチョウ》は、北青葉署の風紀が乱れているとの感触を得ているってことなんだよね」

「そんなぁ」

千恵美が頬を膨らませた。

「たぶん、リークがあったんだと思う。誰かと誰かが不倫しているとか、職場で淫らな行為をしているのを見たとかってね。県警だと握りつぶされるから、警察庁に直接投書したとか、そんなところだと思う」

適当に言っているだけだ。そんな投書があったなど聞いていない。

ところが千恵美の顔が、みるみる紅潮した。自分の署の乱れを指摘されて怒っているのか、それとも、若さゆえの潔癖性から腹を立てているのか、どちらかだろう。美菜は畳みかけた。

「私ね、簡単な得点を一個稼いだら、それでさっさと帰ろうと思うの。そうじゃないと延々と継続させられるし」

「延々ですか」

「そう、なんか尻尾を掴むまで、東山はそこにいろっていうことになる」

「はぁ……」

千恵美はさすがに「それは迷惑だ」とは言わなかった。

「こういう場合は、軽い事案をひとつ挙げて、それ以上はなかった、ということに持ち込むのが一番いいのよ。風紀一係の立ち上げを指示した警察庁のお偉方の顔も立つし、裏を返せばサンプルになった北青葉署には二度と手をつけないわ」

そう説得した。

これは組対課《マルボウ》の刑事が、組員同士の発砲事件などの際に、双方の組に「誰か適当な若い者を出せ」と示唆しているようなものだ。

なにせ美菜としても、本来の所属である警視庁にさっさと帰還したかった。

「どの程度の軽さでいいんでしょう」

「まぁ、交通課で言えば、駐車違反一個というわけにはいかないわね。駐禁レベルなら三件。速度違反の結構大きいやつだったら、一件でいいと思う。飲酒プラス速度違反までは要《い》らないわ」

「それがふたつ重なったら、免許取り消しレベルじゃないですか。北青葉署を潰さないでください」

千恵美が自分の眼前で手のひらを振った。

「ねぇ、ない？　速度違反レベルの風紀の乱れ」

美菜は目を細めて聞いた。

「……」

「じゃあ、駐禁レベル三件でもいいけど……」

「それぞれのレベルがわかりません。具体的には」

千恵美が言った。やはり、多少は知っているのだ。

「署内でキスやボディタッチを公然としている男女がいたら、駐禁レベル」

「速度違反は……」

「うーん。例えば、署内でエッチプレイするとか、あるいは完全なセクハラ行為。権限を使って、部下を屈服させているようなケースね」

そういうやつが絶対どこの署にもいるはずだ。

千恵美は頬に手を当てて考え込んでいた。

「参考までに聞きますが、それでは飲酒レベルっていうのは、どの程度を指すんでしょう?」

千恵美の瞳が少し潤んでいた。

「留置場で職場対抗乱交大会を開く連中がいたとか……」

「いや、それはないでしょう……」

「まぁ、たぶんないけど……」

と、答えたものの、まったくあり得ないわけではない。

警視庁なら、遊軍部隊として設けられた、捜査八課の定年間際のスチャラカおっさん刑事たちが、やらかしそうだ。通称「絶倫刑事」と呼ばれている連中だ。

もしも本当に風紀一係が設立され、自分が配属になったら、真っ先にあの連中を的《まと》にかけよう。

「駐車違反一件、速度違反一件、教えます」

いきなり千恵美が言い出した。きっぱりとした言い方だった。美菜はじっくりと彼女の話を聞くことにした。

3

五日が過ぎた。

土曜の午後であった。

美菜は署に近い女子寮に入っていた。寮には主に交通課の女性警官と事務系職員が暮らしている。

女子寮とは尼寺のようなものだった。

夜に廊下を歩くと、どこからともなくバイブの音が微かに聞こえてくるのには共感を覚えた。女のひとり暮らしにバイブは欠かせない。

だが、大浴場で、数人の女子から舐めるような視線で、おっぱいと股間を覗かれたのには閉口した。女同士はやたら乳房の大きさや、乳首の色、それに陰毛の生え方などを自分のものと比べたがる。

さらに、明らかに、同性好みの目をした子もいた。

美菜にそっちの気はない。

美菜は土曜日にもかかわらず、午後から出署することにした。ボストンバッグにスポーツウェアを詰め込んで寮を出る。

署内にあるトレーニングジムに行こうと思う。

千恵美から、ある情報を得ていたからだ。

寮から署までは歩いて十五分だった。冬の日差しが強く、アスファルトが眩しいぐらいだ。あちこちに雪が積もっているのが見える。

北青葉署の屋根も雪に覆われていた。

まずは席を置いている自分の部署に向かった。デスクの抽斗《ひきだし》に入れたままにしてあるスポーツタオルを取りに行くためだった
警備課庶務係はがらんとしていた。

警察署も交番も三百六十五日営業しているが、事務系はと言えば、普通に休日である。

同じフロアにある警備一係から三係までには、それぞれ数人の出勤者がいた。

待機も任務のひとつなのだ。交通課、捜査課、地域課もそれぞれ土曜日担当の人間が出ているはずだ。

待機している職員たちはテレビを観たり新聞を読んだりしていた。美菜は抽斗から
ブルーのスポーツタオルを取り出した。

そのときなにげに、書類ロッカーの上に並んである書籍が目に入った。六法全書、会社四季報などの分厚い書籍に混じって警備課OB名簿という小冊子が差してあった。

とくに興味があったわけではないが、美菜はその冊子を自分のデスクに持ち出し、パラパラと捲ってみた。

退職年度ごとにまとめられている。制服を着た写真入りである。

集合写真こそないが、卒業アルバムのようなものだった。

現役時代の階級と所属履歴、そして退職後の勤務先が記載されていた。趣味なども書かれている。退職後の親睦に繋《つな》げるためだろう。

OBは地元のスーパーや公立中学、高校、企業などに再就職していた。

一番多いのが警備会社だ。警備課ならではだ。交通課のOBが自動車学校や交通安全協会に面倒を見てもらうようなものだ。

警備会社も十社以上あった。地元の警備会社がほとんどだったが、東京本社の加瀬警備保障にも多くのOBが雇用されていた。

加瀬警備保障……。

先日、会長の加瀬計造が襲われた会社だ。公表こそされていないが警察庁が綱紀粛正を指示する遠因となった事案である。

美菜もその社名にはあさからぬ因縁を感じた。

頁をめくってみると加瀬警備保障に再就職したOBたちはかなり多かった。

宮城県や東北地区に拠点を置く会社よりもはるかに多い人間が、加瀬警備保障に再就職しているのだ。

仙台支社だけで、これだけの人員を受け入れ出来るのだろうかと不思議に思った。

そこで、OBたちの県警在職中の転属歴をつぶさに検証してみた。

この小冊子は機密書類ではない。

何度も読み返している姿を、他の誰かに見られても、不審に思われるはずもなかった。

過去十年間に五十人ぐらいが再就職をしていた。

世間でいう天下りというやつだが、美菜はとうとうある共通項を発見した。

加瀬警備保障に天下った刑事たちは、警備課に異動になる前に必ず組織犯罪対策課に所属していたのだ。いわゆる「マルボウ」だ。

マルボウから警備に転属、そして加瀬警備保障へ再就職。

なんらかの因縁が感じられた。

加瀬計造が襲撃された裏には、なんらかの形で暴力団が絡んでいるのではないだろうか。

　このことは直接の任務ではないが、すぐに明田にメールを入れた。

　警視庁のＳＰ、ＳＳＰ、それにＬＳＰだけが使う特殊スマートフォンを使用する。通常の刑事電話《ポリスモード》よりもセキュリティ能力が高いと言われている。

　すぐに返事が入った。

【あら、それは妙な関連ね。私もいまデスクにいるから、捜査一課にそれとなく伝えておくわ】

【では、風紀一係の任務に戻ります。本日、一件拾えそうなんです】

　美菜も戻した。

【そう、いよいよね。内偵任務が本分だから、そっちは頼むわよ。それらしい風紀の乱れの確証が取れたら、早々に戻してあげるから、安心して】

　メールのやり取りを終えた。

　桜の季節には桜田門に戻りたいものだ。

　美菜は、さっさとポイントを上げようと、署の地下に下りた。

　地下にある職員食堂は閉まっていた。昼二時にいったん閉めて、五時に再び開くことになっている。

たっぷり汗を流した後に、カレーライスか焼き魚定食を食べようと思う。

売店もしまっていたので、自動販売機でミネラルウォーターを買って廊下を進んだ。

剣道場、柔道場、トレーニングジムが並んであった。

剣道場を覗くと、人の姿は見えなかったが、奥の方から「面っ」「突きっ」という声が聞こえてきた。男の声だった。

柔道場を覗く。

三組ぐらいが乱取りをしている。その奥で、寝技の袈裟固《けさがた》めをしている者もいた。

上から技をかけているのは、いかつい身体の男だ。

押さえ込まれている方の顔はわからない。

ただし胸が膨らんでいるように見える。

ひょっとして男女の乱取り？

練習なので、おかしくもないが、なんか態勢がエッチ臭い。

ふたりの選手は寝技を決めたまま、まんじりともせずに、絡み合っている。

はい？　何しているの？

美菜は怪訝《けげん》に思った。

柔道で袈裟固めを決められた場合、下で固められている方の選手は、ふつう足をバタバタ振りながら逃げまわるものだ。

だがこの選手は上の選手の片脚に、股間を擦り付けてじっとしているように見える。

それ、なんの技？

下側の選手の声がした。

「ぁあんっ。もっと胸にギュッとかぶさってきて……足も微妙に動かしてくださ い……」

途切れ、途切れに、上擦った声が聞こえてくる。

押さえ込んでいる男の手が、女子の道着の胸襟の中に挿し込まれた。

「あんっ。おっぱい、だめっ。乳首、勃《た》っているから、恥ずかしい」

女子選手は男子選手の肩に両手を回して、顔を埋めている。

それ、柔道じゃないでしょっ。ただの寝技っ。

この場で踏み込みたくもあったが、堪えた。

現状は推定無罪だ。そして踏み込んでじろじろ観察すれば、美菜の任務が早くもバレることになる。

そもそも今日は剣道と柔道の道着を持ってきていないので、道場には次の機会に入ることにする。

美菜も警察官として、剣道、柔道、空手の心得はある。

だが、今日はまずジムだ。

4

美菜はトレーニングジムに入った。

更衣室でウエアに着替える。

上半身はスポーツブラの上にTシャツを被る。腰から下はスパッツにハーフパンツを重ねた。

ジムにはまったく人がいないように見える。

ひとりで美菜はまず軽くストレッチをして、ランニングマシーンを使った。

松川千恵美から情報をふたつ得ていた。そのひとつが――、

『土曜の午後の道場とジムはペッティングの穴場になっているんです』

というものだった。

ペッティングという響きが新鮮だった。

特に二十四歳の松川千恵美が牛タンを食べながら言っていたので、妙に生々しく聞

こえたものだ。

牛タンって、見ようによっては、女のビラに見える。

十分ぐらいすると女がひとりやって来た。美菜の姿を発見して、一瞬立ち止まった。やはり美菜が、風紀の乱れを探る内偵者だという噂を聞いているのだろうか。

これでは、捜査にならない。

美菜は相手を安心させるために、自分から声をかけた。

「こんにちは。警視庁の東山美菜と言います。合同警備のために、こちらの警備課に研修出向しています」

ピチピチのレオタード姿の女に、そう伝えた。えんじ色のレオタード。身体がむっちりしていてセクシーだ。

「あぁ、庁内留学の方ですね」

女はそう言った。庁内留学か。そういう表現も間違いではない。自分と同じ年頃に見える。

「私、捜査三係の永倉《ながくら》です。永倉奈々子《ななこ》と言います」

三係と言えば窃盗犯担当。通称「ドロ担」だ。

盗品の捜査や容疑者検挙に向けて、地道な聞き込みや尾行をする忍耐だらけの部署なはずだ。

「私、スリ担なんです」

奈々子は四畳半ほどあるブルーマットの上で、ストレッチを始めた。

「それは緊張感のある任務ですね。目星をつけて相手をずっと張り込むんでしょう」

「ええ、でもなかなか検挙は難しいです。電車とかで、スリかなぁ〜って接近して、手が伸びた瞬間に、捕まえようとしたら、スリじゃなくて、痴漢だったりして」

奈々子は開脚して、片側の膝頭に頭をつけて、身体を伸ばしていた。女同士ということもあってかレオタードの股間がぴっちり食い込んでいるのにお構いなしだ。パッと広がった股間に一直線の窪んだ筋が見える。

「その場合は、逮捕しないの？」

「基本しません。付近に生活安全課がいれば、アイコンタクトして教えます」

奈々子は、今度は逆側の膝頭に頭をつけて、背筋を伸ばし始めた。

美菜の倍ぐらいあるバストが引力の法則に従って垂れ落ち、太腿の上でぐにゃりと潰れていた。

「そっか、担当外なのに、顔バレさせることないものね」

「そういうことです」

「でも被害者が苦悶している様子とか、同じ女として、可哀想に思うことってない？」

美菜は警護の際にときおり、群衆の中で痴漢を発見することがある。持ち場を離れることは出来ないから、イライラするが仕方がない。

「最近は痴女が多いんです。男の人の股間を撫でるんです。凄い女はファスナー開けて取り出します」

「えぇぇ〜」

美菜はランニングマシーンから落ちそうになるほどのけ反った。

そのとき男の声がした。背中越しだったので、どんな男かわからない。

「奈々子さぁ、女スリと間違えて、手を伸ばしたら、男のアレ摑んじゃったんだよなぁ」

「桜井《さくらい》さんっ、そ、それは言わないで……」

マシンを止めて振り返った。

「おっ」

入ってきたのは、初日にひと悶着あった立番の男だった。

黒のスポーツウエア姿だった。あのときからイケメンだと気が付いていたが、あらためて、そう思った。タレントにしてもおかしくない端正なマスクと、全身に華やかさを纏《まと》っている。

桜井というのか。

「こんにちは。初日はお騒がせしてすみませんでした」

頭を深々と下げた。美菜としても、隠しておいてほしいことがある。なんてったって、パンツも秘密の小道具も見られてしまっているのだ。パンツ見せは言い逃れが出来る。だけど、小道具のほうは絶対まずい。

「俺は桜井慎吾《しんご》。所属は強行犯捜査一係」

それはキングオブデカだ。刑事と言ってもさまざまな担当があるが、捜査一課の強行犯係と言えば、殺人、強盗などを担当する花形中の花形だ。テレビドラマに出てくる刑事というのは、だいたいこの人たちのことを言う。

「強行犯係の刑事さんでも、立番をするんですか」

思わず聞いた。

「するさ。事件を担当していないときは、警部以下はローテに入れられる」

言いながら桜井は奈々子の背中に回った。背中を押してやっている。奈々子は開脚したまま前屈伸をした、

「あぁあ、押しすぎ」

「おっぱいをマットにつけて、ぺちゃんこになるまで、屈むんだ」

桜井がゆっくり押している。

「あぁああ」

奈々子が額をマットに沈めた。完全に屈伸している。たわわな乳もマットに押し付けられた。乳がぐにゃりと横にはみ出した。

「どう、カップ越しに乳首も擦れているかよ？」

桜井は平然と奈々子に聞いている。美菜はドキリとした。いまの言葉で自分の乳首が反応してしまったのだ。

「あふっ、東山さんの前でそんなこと聞かないでください。彼女は……」

奈々子が言葉を切った
「署内の風紀の乱れを内偵しに来ているっていうんだろう」

桜井は奈々子の背中を押しながら、美菜を見上げてきた。

「そんなことないです……」

「そうだったとしても、俺はかまわないよ。報告するなら、しなよ。だって誰もいないところで、合意でしてるんだから、いいじゃん。触ったり、舐めたり、しても。

こっそり覗いている奴が悪いんだよ」

「桜井さん……」

奈々子が恥ずかしそうな声を上げた。そして恥ずかしい言葉を口にした。かすかに自分でも体を揺すっている。

「……カップの中で乳首が潰れちゃっています」

ややや。それ口に出して言いますか。

「奈々子の乳首、大粒だからなぁ」

桜井は片手で奈々子の乳房を揉んだ。マットにくっついている状態の乳房をやわやわと揉み、人差し指で、レオタードの上から乳首の位置を探しているようだ。

「いやん。東山さんの前でいやらしいことしないでください」

奈々子がマットに顎を乗せた体勢で、美菜の顔を見上げてきた。

額に汗を浮かべている。

なんと、すでにエロ顔になっているではないか。細めた目が悩ましい。

「彼女なら大丈夫だよ。俺たちと同じぐらいエッチ好きだから、友達になれる」

桜井はレオタードの背中のファスナーを引き下ろした。奈々子の背中が見えてきた。

桜井はさらに奈々子の両腕を器用に操り、ショルダーから引き抜いてしまった。乳房の丸みが少しだけ覗けた。

美菜は片眉を上げた。

「わたしがエッチって、それどういう意味ですか？」

「だって、俺、見ちゃったもんなぁ、ビニール袋に入っていた……あれって」

桜井の視線が、すっと、美菜の股間に刺さってきた。

うっ。爽やかなマスクをしているのに、今この瞬間の目は好色そのものだ。

「バ……イ……」

「ちょっと、待って」

出向先にバイブを持ってきたとバラされては困る。そんな噂は一瞬に署内を駆け巡る。

美菜は片足を半歩前に踏み出し、手のひらも突き出した。

桜井を見据え、手のひらと頭を同時に振る。

歌舞伎の「あいや、待たれい」の形だった。

桜井が、ぷっと笑った。あげくに調子に乗ってきた。

「東山さんも、エッチ好きですよねぇ」

あくまでも同意を求めている。

「嫌いじゃないです」

しょうがないので答えた。バイブのことをバラされるよりはましだ。

「あの〜」

今度はレオタードの上半身を脱がされたまま、前屈伸している奈々子が聞いてきた。

「エッチな動画とかも見たことありますか？」

「まったくないわけじゃないですけど」

美菜は答えた。奈々子が続ける。

「見て、どう思いましたか？　私、押収物の点検でエロＤＶＤを見たことあるんですが、昂奮してしまいました」

「そりゃ、私だって昂奮しますけど」

「だったら他人のエッチを見ても、不快じゃないですよね」

そう言って、いきなり奈々子が倒していた上半身を起こした。レオタードの前がはらりと落ちて、メロンのような乳房がこぼれ落ちてくる。

上半身から湯気が上がっているように見えた。

これは一本取られた。

その場にいる人間に「不快ではない」と言わせてしまえば、それは風紀を乱したということにはならない。

さすが捜査課の刑事ふたりだ。誘導尋問がうまい。

「不快には思わないです」

美菜は結局こう言わされた。

「ですよね」

と奈々子が両手で自分の乳房を持ち上げた。

アズキ色の乳首が尖り立っている。乳暈《にゅううん》はブツブツと粟立《あわだ》っていた。乳首は葡萄《ぶどう》のような大きさだった。

奈々子の背後にいた桜井が両手を伸ばして、その乳首を摘まむ。人差し指と親指で挟んでいる。桜井は美菜を見ながら、いきなり、くい〜んと、引っ張った。

「うはっ、はふっ、ひゃはっ」

いきなり奈々子が切なげな声を上げ、顔をくしゃくしゃにした。桜井はかまわず、引っ張った乳首を右や左に曲げる。

「あうっ、いいっ」

奈々子は自らバストを押し上げている。

「こいつさ、乳首だけで昇《い》くんだぜ。きつくすると、凄く悦《よろこ》ぶ」

桜井が得意気に言って、左右の乳首を交互に潰し始めた。親指と人差し指で、くいっ、くいっ、と押す感じだ。

「あっ、いやんっ、くはっ」

奈々子は摘まれるたびに、肩を震わせている。

美菜はその場から動けなくなった。

女が男に乳首を責められて、悶絶している姿を見て、とてつもなく昂奮してしまった。実は美菜も、強めに摘まれるのが好きだった。オナニー好きに多い傾向らしい。

「奈々子さん、す、すごく、よさそう」

見惚れてしまいながら、思わずつぶやいた。

自分の口が半開きになったままなのがわかる。スポーツブラの中で、自分の乳首が疼《うず》いてたまらなくなってきた。

触るわけにもいかないので、歯がゆかった。

「よし、東山さんに、一回奈々子が、いく瞬間を見せてやろう」

桜井は、そう宣言すると、いじり方を変えた。

左右の乳首の根元に二本の指を這わせ、男根をしごくように、上下させたのだ。絞るように律動させている。

「あひゃ、んはっ、いやっ」

奈々子が半狂乱の声を上げた。自分自身で、乳房の下側を支えて、揺さぶってもいる。双乳の谷間に汗が流れ落ちていた。

「いくっ、おっぱいの尖端が気持ちよすぎて、私おかしくなっちゃう。ぁあんっ」

乳首をしごかれている奈々子は、激しく腰を振り始めた。男が抽送するときのようにガクガクと振っている。

彼女、いったんだ。そう気づいた瞬間に、身体の中心が、じゅわっ、と濡れた。

美菜は胸底で自分もいじられたいと思った。奈々子ほど大きくないレーズン程度の乳豆が、先ほどから疼いて、疼いて、しょうがない。

「隅っこのベンチプレスに移動しよう」

桜井が奈々子の手を引いて、奥へと歩を進めた。奈々子はレオタードのショルダーに腕を入れ直してついていく。極点を見た直後なので、ふらふらしていた。その様子が、実に生々しくて、美菜にもどんどん淫気が回ってきた。

「東山も……こっちへ」

桜井が手のひらを掬うようにして呼ぶので、美菜は熱に浮かされたように、ふたりについて行ってしまった。あの手のひらで、自分の股の間も掬って欲しい。

5

入り口からは死角になっている場所に、ベンチプレスが三台並んでいた。

桜井と奈々子はその一番奥へと進んだ。

「奈々子は誰かに見られていると、よけいに昂奮するタイプなんだ。東山さん、そこにしゃがんで見守ってくれないかな」

桜井がベンチプレスに横たわりながら、指さした。

ベンチプレスの真正面だ。

奈々子が桜井の腕を摑んだ。

「ねぇ、それって、挿し込んでいるところを、私のお尻側から、ばっちり見るっていうことですよね……それはいくらなんでも抵抗が……」

「なんでだよ。おまえいつも『あっ、人が見ている』とか言って、アソコをきゅんっ、と窄めるじゃないかよ」

「それは、入口とかマットのほうからこっそり覗かれている場合ですよ」

奈々子はもじもじと尻を振った。

早くやりたい半分、さりとて恥ずかしすぎるという振り方だった。

「がっちり挿入を見てもらえるチャンスなんて、めったにないぞ」

桜井がウエアのズボンを下げた。全部は脱いでいない。腰部だけ露出させた。

びゅんっ、と屹立が飛び出す。

あっ、凄い……美菜は卒倒しそうになった。この世には、目もくらむ剛直というものが存在するのだと思い知った。

まるでサラミソーセージ。理想の男根だ。あれを挿入されたら、どれだけ気持ちいいだろう。

美菜のパンツの中で女だけが持つ粘膜が、ぐにゃり、ぐにゃりと、のたうち回った。

奈々子も同じ状況だろう。

「……そうですよね。警視庁の人に見てもらえることなんか、この先、絶対ありませんよね」

奈々子は一度振り返り、美菜の方へ視線をくれた。トロンとした目だった。

「東山さん、それじゃ、すみません。嵌《は》めさせていただきます」

奈々子がしおらしく、そう言い、ベンチに寝ころぶ桜井の股間の上に跨がった。ベンチプレスとは、エッチの場合にも、まことに都合の良い機材のようだ。

ベッドの上の騎乗位より、たぶん、ずっぽり入る。

「どれどれ。牛タンのほうは開いているかな？」

桜井が奈々子の股間に手を伸ばした。レオタードのクロッチ部分が、パチンと外れる音。

股間の開閉がホック式になっているのだ。つまりスポーツ用じゃなくて、エッチ専用のレオタード。

女子の平べったい部分だけが露出する仕組みになっていた。

ふたりは全裸にならずに、快楽機能だけを露出して、接合しようという魂胆だ。

「あっ、恥ずかしいです。そこ、ヌルヌルになっちゃっているから、見ないでください」

奈々子が歓喜と恥辱に満ちた声を漏らし、ツンと尻を突き上げたおかげで真後ろにいる美菜には、逆にばっちり見えてしまった。

穴あきレオタードの股間から、牛タン二枚がこぼれ落ちてきた。たしかにヌルヌルだった。

桜井の指が、さらに牛タン二枚を大きく拡げる。液晶画面をピンチアウトするような感じで開いた。ねろりと、白い液が桜井の陰毛の上に落ちる。

「あふぅう……」

奈々子はそう言って、さらに自分を昂《たかぶ》らさせているようだった。

「牛タンというより、しゃぶしゃぶ肉だな……ふにゃふにゃになっている」

桜井が言った。美菜は心の内で同意した。

湯につけたばかりの、しゃぶしゃぶ肉だ。

薄さ、色、くねり方、そっくりだ。

「挿入前に、もう一回、昇くか」

「いや、もう挿入したいっ」

奈々子が獣のように腰を振り立てた。

「クリクリで、もう一回昇れよ」

桜井が半身を起こして、奈々子の股間を掬うよう触っている。カモンカモンと呼ぶときのような指の動きだ。

「あうぅうっ。ソコ、いじらないでっ」

奈々子が激しく尻を振り、天井を仰ぎ見た。

「おまえ、東山さんのほうを向け」

「えっ」

奈々子が背筋を張った。

「こっちを向いていたら、クリ摩擦は見えづらいだろう。さっきの乳首みたいにぐいぐい引っ張るところを、東山さんにたっぷり見せつけようぜ」

えっ、と驚いたのは、美菜も同様だった。

そんなかぶりつき状態で、男が女のクリトリスを揉む状態を見せつけられたら、自分自身が平静でいられる自信がない。

だが奈々子がもじもじしていたのは、ほんの五秒ほどだった。

「恥ずかしいですけど……」

そう言ってクルリと身体の向きを百八十度回転させたのだ。

恥ずかしいなら、こっち向くなよ。

がに股座りで、ベンチを見上げていた美菜は呻いた。

まだ挿入こそされていないが、背面騎乗位状態の男女を下から見上げる格好となったのだ。

卑猥すぎる。

美菜の眼前に、おまんこ、金玉、肉棹の三点がどアップになった。

大型画面で裏動画を見ているようなものだ。

「ごめんなさい。これじゃ、おちんちんが、モザイク以上に邪魔くさいわね……」

奈々子が桜井のサラミソーセージをぎゅっと握って、横に倒した。

そうまで気を使われると、見ているほうとしては恐縮しまくりだ。

「わざわざ、すみません」

おかげでばっちり女の肉庭を拝むことが出来たが、美菜としては、桜井の男根も魅力的だった。

うねりまくっている肉ビラの上に、渦巻状の包皮があった。

「じゃあ、真珠粒の顔出しぃ～」

桜井がその包皮を剥いた。

「あぁあああああ」

包茎の男の皮を剥くように、つるんと皮を下げた。ピンクの突起がにょきにょきと飛び出してくる。

「女の亀頭」

桜井がそんなことを言った。確かに、そんなふうにも見える。ピンク色の品のいい亀頭。

「変なこと言わないでください。私、射精しませんからっ」

目の下を真っ赤にして感じているくせに、奈々子がむくれた顔をした。が、その顔がすぐに溶けた。

「あぁあああっ。それ、刺激ありすぎっ」

顔を出したピンクの粒を、桜井は指二本で摘まみ上げたのだ。

ピンセットで、引っ張り上げる感じ。ぐぐぐっ、と引っ張っている。

あれは、効くっ。

自分がやられたら、一発で死ぬ。

「いくぅううう」

奈々子が逃げようと、尻を大きく持ち上げた。

秘孔が怒髪天を衝く勢いの男根の先端の位置まで上がる。

桜井がさっと棹に手を添え、入射角度を合わせ、ずんっ、と腰を跳ね上げた。

「はぅう」

ぬぷっ、と亀頭冠が挿《は》いった。そのままズブズブズブ……。

「あぁあああああ」

クリトリスを引っ張られたまま、挿入された奈々子は、狂乱の叫びを上げた。美菜と目が合ったが、もう何も見えていない感じだ。

それから奈々子は尻を上下させ続けた。獣じみた動きだ。

「あっ、またいく、ひゃはっ。うはっ。ひ、東山さんも、エッチ顔になっている」

汗まみれの奈々子に指摘されても、美菜は声を出せなかった。

がに股で固まったまま動けない。

お願い、早く、終わって。

もうこれ以上見ていたら、私、自制がきかなくなっちゃう。

もうやりたくて、やりたくて、しょうがない。

6

軽く肩を押されただけで、美菜は、あっさり床の上にひっくり返された。

ベンチの上で、プレスではなく奈々子の尻を上げ下げしていた桜井が、射精を終えると同時に、美菜のもとにやって来て、押したのだ。

押す前に、耳元で「やいっ、すけべっ」と囁かれた。

「わっ」

と叫んだものの、抵抗する気力さえ失われていた。なんてったって、もう見ての通りハーフパンツの股間が、失禁したようにびしょびしょになっていた。

「風紀刑事として、報告書を書くなら書けよ。だけど、ちゃんと『私も、濡れちゃいました』って正直に付け加えておけよ」

お腹を晒した猫状態になっている美菜のバストに、桜井が手を伸ばしてきた。

「あんっ」

無遠慮に揉まれたとたんに、快感の電流が全身を駆け巡った。大きな手で、左右同時にむぎゅむぎゅされる。

「はうぅうう」

背中が張る。そのまま床に頭をつけて、ブリッジ状態になる。

「あれれ、東山さん、スポブラをしているのに、手のひらに、当たる感触があるぞ。東山さんの乳首、どんだけ勃起しているんだよ」

「いやいや、私、奈々子さんみたいに巨粒じゃないですから」

「どれどれ、見せて」

ウエアとスポブラを同時に捲られた。

「いやっ」

桜井はお構いなしだった。

「おぉ、腹筋、鍛えてんじゃん」

そのまま一気に膨らみを過ぎるまで、ウエアもスポブラも捲られてしまった。

肩や腕からは抜き取らなかったので、なんだか医者におっぱいを見せるときのような感じになってしまった。

「へぇ〜、乳首が、こりっ、こりっしているじゃないか。こんな風なピーナッツサイズって敏感なんだよなっ」

桜井が舌なめずりをしながら言っている。

美菜は恥ずかしさで、頭に血が上った。

「み、見ないで……」

奈々子の巨乳巨粒と比べたら、あまりにも貧弱すぎる。でも、桜井に摘まんで欲しかった。さっき奈々子にしたみたいに、くぃ〜んと引っ張って欲しいものだ。

すると、ベンチの脇の床に転がっていた奈々子が、四つん這いでこちらに向かってきた。

まだ、アクメの余韻から覚めていないようで、はぁはぁと荒い息を吐いている。

美菜の真横まで寄ってきて、ぽつりと言った。

「私、コンパクトな乳房と乳首に、憧れているんです」

まさに、ないものねだりだ。あるものの驕《おご》りともいえる。

やにわに奈々子の顔がバストに舞い降りてきた。舌を出している。

「あんっ」

尖った乳首を舐められた。快感は想像以上で、一瞬にして乳首が蕩《とろ》けてしまいそうだった。

「はふぅうう」

美菜はフォールを免れようとするプロレスラーのように、何度も身をよじった。

「だめっ。もっとチュウチュウさせて」

奈々子が美菜の上半身に覆いかぶさってくる。

柔道の袈裟固め状態にされた。

「んんんっ」

美菜よりも大柄な奈々子だ。これでは身動きが出来ない。そのまま、乳首を吸われた。

「あうっ、うはっ、んんんっ」

奈々子は女が感じる舐め方を心得ていた。強すぎず、弱すぎず、乳首をしゃぶり立ててきた。

男がよがる極上のフェラチオというのは、こういうものではないだろうか。

舐められていないほうの乳首も、適当なリズムで摘まれ、そのたびに、より大きな声を上げさせられる。

「よっしゃあ。そのまま押さえ込んでいろよ」

桜井が美菜のハーフパンツの両脇に手を掛けてきた。あっさりと脱がされる。ハーフパンツ、タイツ、パンティを一気に引き抜かれた。

なんて下品な脱がし方をする男なんだっ。

腰から下をいきなり外気に晒され、羞恥はピークに達した。

「見ないでっ」

どれだけ自分が淫らな気分になっていたのか、見破られたような気がして、美菜は奈々子の方に顔を埋め、表情を隠した。

桜井の耳が左右の太腿に当たった。おまんちょに、桜井の鼻息が吹きかかってくる。

「うわぁ～、おまんこ臭せぇ」

この男、最低のことを言う。

「いやぁああ、見てもいいですから、嗅がないでください」

尿臭を嗅がれるのは、女として屈辱でしかない。

「いや、いい匂いだ。東山、おまえおしっこ臭くないぞ。これ全部まん汁だろう」

桜井がくんくんと鼻を鳴らしている。

「どっちにしろ、嗅がないでくださいっ、あふっ」

肉ビラを舌先でかき分けてくる。

「あふっ、ひゃふっ、んんんっ」

山盛り付着しているはずの、とろ蜜を舐め取られて、羞恥に身悶えした。

「あうぅうううっ」

続いて、クリトリスを猛烈に吸われた。

「あっ、いやんっ、いっちゃう」

何度も淫爆が襲ってくる。

「乳首とクリを一緒にちゅうちゅうされると、もう天国よね」

奈々子に乳首を甘噛《あまが》みされた。

「あふっ、死ぬっ」

天国でもあり、地獄でもある。

美菜は桜井の顔を太腿に挟み込み、ひたすら喘ぎ声を上げた。

「よしっ」

桜井がおまんこから顔を離した。薄眼を開けて、見上げると、桜井の口の周りはべとべとで、陰毛も何本かくっついていた。

とてもグロテスクに見えるが、そもそもは自分の股間に存在していたものだ。

「次は上四方固めね」

奈々子が言った。

「えっ、何それ」

美菜はまたまたうろたえた。このうえ、何をする気だ？

奈々子は美菜の問いかけには答えず、身体の上に乗ってきた。乳房と乳房が重なり合う。乳首同士が擦れ合った。

「あぁあ」

肩を両手で押さえ込まれ、腰も奈々子の太腿でがっちり挟まれる。上半身を完璧に固定された。

「東山さんって小顔だから可愛い。私、ちょっと嫉妬しているかも……」

そのまま唇を重ねてきた。舌が絡み合う。

「んんんん」

次の瞬間だった。股の間に、サラミソーセージが刺さってきた。

「んんはっ」

唇を塞がれているので、声が出ない。奈々子が唾液を送り込んでくる。

「むむむっ」

桜井は男根を送り込んでくる。

「わわわわわ」

膣層に、カチカチの肉杭が滑り込んできて、子宮を思い切りへこまされた。

「くわっ」

いままで、挿入経験は数あれど、これは、次元が違っている。

口と身体を押さえ込まれたまま、おまんこを擦られ続けるというのは、快感がどこにも逃げていかないのだ。

「んんんんんっ」

桜井は棹の全長を埋め込み、どういうわけか、そこで止めた。律動をしない。これは文字通り、差し止めだった。

「ううううう」

窒息的快感だった。

「くはぁ～」

おまんこに入った快美感が、じわじわと全身に溜まってくる。

「うはっ、お願い……動かして……」

奈々子と舌を絡めたまま、美菜はそう訴えた。

桜井がいきなり尻を跳ね上げた。すっ、と亀頭が上がっていく。嵩《かさ》張った鰓《えら》で、しとどに膣の柔肉を抉《えぐ》られた。

「あぁあああああああああああ」

今度は落下的快感だった。

もう、わけわかんないっ。

だけど、とんでもなく気持ちいい。

桜井は怒濤の抽送を始めた。抜き差しされるほどに、膣の中がネバネバしてくる感じだ。昂奮しすぎていて、とろ蜜がいつもの倍ほど濃くなっている感じだ。

まるで水飴《みずあめ》。それをサラミソーセージで捏《こ》ねられている気分だ。

「あぁあぁあっ。凄くいいっ」

「な、署内エッチって感じるだろう」

「はいっ」

美菜は顔をくしゃくしゃにして答えた。奈々子が接吻を解き、またまた乳首舐めに変えてくる。

「あふんっ、あぁあ」

止められていた声が出せるようなると、いつもに増して激しい喘ぎ声を上げた。人は禁止を解かれた瞬間、一気に解放に向かう。

上にいる奈々子が、体重の乗せ方を加減してくれたので、美菜は自分からも、猛然と腰を振りだした。

パン、パン、パパン、と互いの股を打ちつけ合った。

「なぁ、自宅とかラブホとかよりも、署内エッチって気持ちよくないか」

ピストン運動を早めながら、桜井が聞いてくる。

「そ、そうですね……なんか、禁止されているところで、やるっていいものです」

美菜も腰を振りまくっていた。

「だから、俺、思うんだよ……」

桜井が全長を押し込んだところで、また止めた。

「はうぅぅ」

美菜は目を細めて「なんでもいいから、動かしてっ」と訴えた。

「……署内での淫行を禁止しないで好きにさせていれば、逆にそのうちみんな飽きて止めると思うのよ。まっ、俺としては、当分飽きないけど……」

と言って、また動かしだした。

土手と土手を密着させて、ガクガクと尻を縦や横に振りだしたのだ。

「あぁああああああ」

男根が刺さったまま、クリトリスを擦られまくった。刺さった肉棒を軸に、回転するような動かし方をする。もうたまらない。短時間の間に、矢継ぎ早に昇天させられた。

「んはっ、んはっ、あぅうう」

まさに品性下劣極まりない責め立て方だが、実はこれが一番嬉しい。

「んはっ。んはっ、まんちょもクリもパンクするってば、あぁ、いくっ」

膣が一気に窄まった。桜井の亀頭から精汁が飛び出すのがわかった。

「おまえなんか、どっか、いっちゃえっ」

「あぁああ」

桜井はドクドクと精汁を噴きこぼしながらも、ピストンを続けている。淫穴の中が、泡にまみれていく。桜井の体力はとてつもないものだった。

死ぬほど感じさせるとは、まさにこのことだった。

美菜は、夢見心地のまま、それからさらに数回ほど極点を見させられ、ようやく、解放された。頭が真っ白になっていた。

月曜日に出署するとすぐに、松川千恵美が「土曜はどうでしたか」と聞いてきた。まだ他の職員は出てきていなかった。

「トレーニングジムでずっと張っていたんだけど、駐車違反の得点を上げられそうな目撃証拠はなかったわ……また来週ね」

と報告しつつ、もう一言付け加えた。

「ジムで出会ったんだけど、捜査一係の桜井慎吾さんって、いい男ね」

千恵美の表情が微かに変わった。

美菜は続けた。

「でも、桜井さん、三係の永倉奈々子さんと、付き合っているみたいだから、しょうがないわね。彼女はいなかったら、私、告白しようと思ったんだけど」

あえて残念そうに言う。千恵美の顔が俄かに膨らんだ。紅く染まっている。

「あのふたりこそ、署内でやりまくっているっていう噂ですよ」

千恵美が口を尖らせる。

「証拠もないのに、そんなことを言っちゃだめよっ。私たちは警察官なんだから」

「でも……」

千恵美は歯がゆそうに、両手を握りしめた。

たぶん、この女、桜井慎吾に惚《ほ》れている。永倉奈々子に嫉妬している。わざわざ、ヒントを与えたのは、彼らを陥《おとしい》れたかったからだろう。

そうすると、千恵美からもたらされた、もうひとつのセクハラ疑惑にも何かわけがありそうだ。

第三章　監禁エクスタシー

1

いつものように夕方五時に業務終了となった。庶務課の者たちは、みんな一斉に立ち上がる。

きっちり、九時から五時までの職場なのだ。美菜は、なんとなく、張り合いのなさを感じた。

ＬＳＰだった頃は、この時間に上がれることなどまずなかった。

警視庁警備九課も原則八時間交代であったが、その八時間のシフトは一定ではない。朝五時スタートの日もあれば、夜十二時から大臣の行動に付き添うこともある。結局そのシフトに慣れると、気持ちは二十四時間張り詰めたままになるのだ。

事実上の二十四時間勤務である。

「千恵美ちゃん、お疲れさまっ。私も上がるわ。で、千恵美ちゃん情報の速度違反レベルを尾行してみるわ」

美菜は椅子に掛けてあったピーコートを取った。

「あの、あくまでも噂ですから……私もよくは知らないんです」

千恵美は肩を窄めた。密告しているとは思われたくないのだろう。

「わかっているって。ところで、千恵美ちゃん、加瀬警備保障の人って、誰か知っている？」

さりげなく聞いたつもりだ。

今日の午後、警視庁の明田真子から、メールが入った。

加瀬警備保障は警察とヤクザの間を取り持っている可能性があるということだった。

さりげなく聞いたつもりだが、千恵美の目が泳いだ。

「いえっ、直接知っている人はいませんっ」

やけにきっぱりと断られた。

「東山さん、なんでそんなこと聞くんですか」

「いや、ほかの県警に比べて、この署からの天下りが多いんだよね」

「東山さん、本当は何調べているんですか？」

千恵美が挑むような視線を送ってくる。

「ごめん、ごめん。私、北青葉署の粗探しする気なんて、さらさらないから安心してよ」

「本当ですかぁ」

「うん、報告書に書けるレベルのエッチ案件見つけたら、すぐに引き上げるから、安心して……そのためにも、ちょっと売店を覗いてくるわ。じゃあね」

そう言って退席した。

誰だって、自分の職場の粗探しをされるのは、いやなものだ。千恵美が腹を立てても無理はない。美菜は自分の迂闊《うかつ》な発言を悔《く》いた。

地下一階の売店に降りた。

実際、毛糸の帽子が欲しかった。

売店は六時まで開いている
食堂のすぐ脇にあったキオスク程度の広さの売店だ。

警察内の食堂や売店は、ほとんどが委託契約を結んでいる外部業者だ。

濃紺のジャンパーを着た女性が店番をしていた。その日、その時間によって、店番

は異なる、
美菜は月曜日の午後の担当者になるのを待っていたのだ。

色白できりりとした目をした女性だった。髪の色はマロンブラウン。署員ではなく、外部から派遣された人なので、髪の毛が黒である必要はない。

自分より十歳ぐらい上に見えた。

だからついこう呼んでしまった。

「おばさん、毛糸の帽子ある？」

女性が顔を上げた。

「誰がおばさんだよ」

いきなり凄まれた。

胸に付けている丸いネームプレートに「米川《よねかわ》京子《きようこ》」とあった。強面《こわもて》の女性だった。とてもセクハラを受けている女性には見えなかった。

「す、すみません」

「あんたいくつ？」

顎をしゃくって聞いてくる。

「二十七です」

「へぇ〜、二十七歳から見ると、三十八歳のアタシはおばさんに見えるのかい」

完全に怒らせたようだ。

「いえ、すみませんでした」

いまさらお姉さんとも呼べまい。美菜はひたすら謝った。

「ごめんで済めば、警察は要らないんじゃなかったのかい？」

啖呵《たんか》を切る調子で言われた。

「いや、本当にすみませんでした」

よく見れば米川京子は、美人であるばかりではなく。プロポーションもよかった。やや大きめの紺色ジャンパーとグレーのスラックスを着用しているせいで、なんとなく老けて見えていたが、それは大きな間違いだった。

「見慣れない顔だね？」

美菜はあわてて庶務課に出向してきたことを話した。

「ふ〜ん」

言って京子は、美菜の爪先から髪の毛までを、舐めるように見た。売店のおばちゃんという感じではなかった。

極道の妻。そんな感じだ。

毛糸の帽子は三点しかなかった。赤、黄、緑だった。

三人並んで被れば信号機……。幼稚園じゃないっ。

「黒はないんでしょうか」

「あんた、いま何月だと思ってんの？」

「十二月ですが」

「ここじゃ、ひと月前から雪降ってんだよ。黒とか白とか普通の色なんて、残っているわけないでしょ」

もっともだ。

「あっ、では緑をください」

さすがに赤と黄色はないだろうと思った。

「三百二十四円」

警察の売店としても破格に安い。売れ残り品だからだろう

「今日は特別に、緑を買った人には、もれなく赤もプレゼントよ」

京子がニッと笑って、ビニール袋に帽子を二個入れてくれた。

へっ？

「今夜はクリスマスだから……赤を被ったほうがいい。緑と重ねるのもクリスマスら

しいし」

怖い人なんだか、優しい人なんだか、よくわからない。

「あ、ありがとうございます」

美菜はビニール袋を受け取って、階段に向かった。食堂から匂ってくるカレーライスの匂いに無性に惹《ひ》かれたが、ここは我慢だった。

これから張り込みだ。

通りに出た。日はとっぷりと暮れていた。

急ぎ足で女子寮へ向かう。

雪がだんだん本降りになってきていた。

スノーブーツなので、すいすい歩けた。

部屋に到着するなり、私服に着替えた。

アンダーシャツとパンストをヒートテック系に変え、その上から厚手のセーターを着て、スノーボードパンツを穿いた。さらに白とブルーのジャンパーを重ねる。

真冬の仙台ではこれでも寒いぐらいだ。

ハーフアップに結わえていた髪の毛を、セミロングに戻し。最後に先ほど買った緑の毛糸の帽子を被って、ゴーグルをつけた。

壁に貼り付けられていた鏡に全身を映す。

こんなものかな、と思った。

どう見てもスノーボーダーだ。

なにしろ、署にいたときの東山美菜と大幅に印象が変わればいいのだ。

これから、張り込みをする。

美菜はその格好で外に出た。六時五分前。たぶん間に合う。

商店街の端、署の正門が見える位置で待った。

売店の閉店は六時ジャスト。

米川京子は間もなく出てくるはずだった。

凄い勢いで雪が降ってきた。街頭スピーカーから稲垣潤一の『クリスマスキャロルの頃には』が流れていた。

ここは仙台。山下達郎の『クリスマス・イブ』でも、ワムの『ラストクリスマス』でもないのだ。

六時十分。米川京子が出てきた。

美菜以上に印象が変わっていた。

地味な紺色のジャンパーとスラックスから、黒のロングコートに着替えている。肩にショールのように掛けたやや太めの真っ赤なマフラーが印象的だった。

バス停に向かって歩いている。

美菜は間隔を保って尾行した。

京子はやがてやって来たバスに乗った。美菜はタクシーを拾い、バスを追った。

タクシーは暖房がとても効いていた。

厚着をしてきているため、服の中が汗ばんでくる。どこで京子がバスを降りるのかわからないので、脱ぐわけにもいかなかった。

仙台最大の歓楽街国分町で京子が降りるのが見えた。

美菜もすぐにタクシーを止め、先ほどと同じように間隔をとって、追跡した。

京子は国分町の界隈を無目的にほっつき歩いているように見える。やたらとショーウィンドウの前で立ち止まる。

明らかに尾行を用心している様子だ。美菜は映り込まないように細心の注意を払った。

六時三十分。京子が突然早歩きになった。

美菜も急いだ。

数本目の角で京子が曲がった。一瞬見失う。美菜は走った。京子が曲がった角の手前で息を整え、ゆっくり曲がった。

ラブホ街だった。通りの左右すべてがラブホだ。京子の姿はどこにも見当たらなかった。

しまった。そう思った瞬間に、ひとりの男がラブホに入るのを認めた。

見覚えのある男だ。

エントランス前の小型電光掲示版に〈午後七時前までの入館―半額サービス〉の文字が流れていた。

それで急いだってか？

いま目の前でラブホに入ったのは橋爪信二。庶務係の主任。しょぼいおっさんのはずが、いまはトレンチコートを着て颯爽《さっそう》とラブホに入っている。

美菜ほどではないにしろ、印象はかなり違っていた。人間の本性というのはわからないものである。

『橋爪係長が、売店の女性の弱味を握って、手籠《てご》めにして、弄《もてあそ》んでいるらしいんです。実は橋爪係長には、私も、何度かホテルに誘われています』

千恵美からそう聞かされていた。

庶務課の五十八歳と売店の三十八歳は付き合っていたのだ。

だが、同じ署で働く者同士がラブホテルに入ったから、風紀上問題があるとは言えない。

警察官だって、自衛官だって、合意あれば、世界中の誰とセックスしようが自由だ。

美菜はふたりが出て来るのを待つことにした。

ただしここに立っているわけにもいかない。美菜は来た道を少し戻った。飲食店やキャバクラが居並ぶ通りだった。

町は賑わっていた。人出も多い。美菜は道行く人に紛れたつもりだった。街頭には小田和正の『ラブ・ストーリーは突然に』のインストルメンタル・バージョンが流れていた。母がよくカラオケで歌うナンバーだ。

美菜は口ずさみながら歩いた。

まさか、右手の手首を突然摑まえられるとは、夢にも思ってもいなかった。

「こっちへ来い」

物凄い力で摑まれた。横を見るとプロレスラーのような巨漢の男だった。濃紺の背広を着ていた。ノーネクタイ。白いマフラーをスカーフのように垂らしている。顔や額や頬に切り傷の跡があった。あまり表情のない顔だった。

「声を出すと、このまま手首の骨を圧《お》し潰すぞ。指も反り返して、折ってやる」

ぐいっ、と手首の突起した骨を押してくる。

「うぅうう」

腕から肩にまで激痛が走った。思わず顔を顰《しか》めた。

これはたんなる脅しではない。

手首を押さえられたまま、舗道を歩かされた。

辺りのイルミネーションが灰色に見え、ＢＧＭは聞こえなくなってしまった。

銃口を突きつけられている気分だった。事実、ほんの少しでも抵抗すれば、手首の骨が破壊され、自分は昏倒してしまうだろう。

正面にワゴン車が停まっていた。男はスライド扉を開くと同時に、美菜の尻を膝で一撃した。

「あうぅっ」

尻の割れ目に見事に膝頭をぶち込まれていた。恥骨にひびが入ったのではないかと思うほどの衝撃だった。

2

「上はつけていていい。下はすべて脱げ」

ワゴン車の後部シート。向かい合って座っている巨漢の男に強制された。男は警備用の伸縮棒を突きつけてきた。

警察官が持つ特殊警棒とは違うタイプだった。

あの棒で、頭を打たれたら、脳漿《のうしょう》が飛び出すだろう。肩を叩かれれば、肩甲骨が割れる。

車は走行していた。

別な男が運転している。顔はわからない。仙台の地理に明るくない美菜にはどこを走っているか、まったくわからなかった。

「はい」

脱ぐしかないと思った。

美菜は急いでボトムスのスノーボードパンツを脱いだ。

右の手首に痺れが残っていてうまく動かせなかったが、腰を浮かした際に、蹴られた恥骨は折れていないと確信した。

黒いタイツも脱いだ。汗ばんでいた。黒いパンティ一枚になる。

男が顎をしゃくった。「それも」という感じだ。

美菜は観念してパンティのゴム紐に手を掛け、引き下ろした。

股からシールが剝がれるように股布が捲れた。女の細長い筋を見せながら、パンティをそれぞれの足首から抜いた。

すれ違う対向車のヘッドライトに何度か、陰毛と少し開いた肉筋が照らし出された。隙間からあふれ出た液が照らされて光った。

男の先走り液に似た薄く透明な液だった。

「M字に足を立てろ」

男の目は索漠としていた。専業ヤクザの目だ。

女の中心部には何ら興味がなさそうだった。ただ面倒くさい業務をこなしているという目だ。

たぶん、本物のヤクザだ。

「はい。言われた通りにしますから、暴力を振るわないでください」

すぐにM字開脚をした。襞《ひだ》はくっついたままだった。美菜は従順に振る舞った。とにかく男を怒らせないことだ。必要ならフェラチオでもセックスでも何でもする。そうしている間に隙を見つけるしかない。

ところがヤクザは美菜がまったく予想していなかった言葉を吐いた。

「昇《い》くまで、自分で擦れ……ちゃんと昇ったかどうかは、見ていればわかる。ソコの色が変わるからな……」

ヤクザは表情ひとつ変えずに言った。慣れた言い方だった。

「えっ？」

さすがに躊躇《ためら》った。どうしていいかわからなかった。

「すぐにやれ」

ヤクザが伸縮棒を振りあげた。美菜の顔を狙っている。

「殺してもいいことになっている。その場合、すぐには顔がわからないようにする」

躊躇いのない顔だった。股間が熱くなった。失禁寸前だった。

これはアウトレイジか……。

「やります。オナニーします。すぐに擦ります」

早口で言い、震える指先で、張り合わさっていた肉襞を分けた。俗にいう「具」をすべて晒す。濡れた花が開き、複雑な筋を浮かべた、女の具だった。ぐちゃぐちゃだった。汗と愛液臭が混ざって、独特な匂いがした。

「すぐに昇れっ」

オナニーを他人に急《せ》かされてしたことはない。

焦りながら、クリトリスに指を這わせた。

右手首がまだ痛くて、思うように指が動かせなかった。

それよりも恐怖感のほうが先走り、淫らな気持ちになれない。とにかくクリトリスを擦った。無我夢中で、包皮の上に親指を乗せ、ベルを押すように潰した。

「あぁああ」

両脚が軽く痙攣《けいれん》した。

「早く昇けっ」

ヤクザがバシッと伸縮棒をシートに振り下ろしてきた。

合成皮革のシートが炸裂しスプリングが飛び出してきた。美菜は自分の脳味噌が飛び出したような気がして、打ち震えた。

「いやぁああああ」

美菜は初めて大声を上げた。涙がぼろぼろと零《こぼ》れてきた。ようやく自分が死の淵に追いやられていると実感したのだ。

そこから逃避したいと願い、指を激しく動かした。

包皮を剝き、紅い玉を剝き出しにして、いじりまくった。恐怖感から逃げ出すため必死だった。

徐々に快感が押し寄せてくる。背筋も脳も痺れるような快感だ。

「あぁああっ、いいっ、あふっ」

気が付くと美菜は腰を振っていた。右手でクリトリスをいじり回し、左手で膣穴をこねくり回した。

恐怖が消えたわけではなかったが、陰部をいじり回しているうちに、脳と身体に快感がしみわたっていく。

「あふっ、ひゃふっ、いくっ」

続けざまに叫んだ。口からは涎《よだれ》が垂れっぱなしだ。

「もっと、いけ。動けなくなるまで、やるんだ」

ヤクザはまったく許してくれる気配はなかった。

美菜は、泣きながら、おまんこをいじった。右手で穴の中を抉り、左手でクリトリスを引っ張ったり、押したりする。

「あうっ、はふっ」

涙が溢れ、顔がぐしゃぐしゃになった。おまんこは、それ以上にぐしゃぐしゃになっている。

小さな波が何波かに分かれてやってきた。

美菜は小刻みに身体を震わせた。

巨漢の男が、伸縮棒を振りかざしたまま、美菜の股間を覗いてくる。

女の狭間は膠《にかわ》を塗ったような状態になっていた。花びらはうねうねと蠢き、充血したクリトリスは尖り切っている。

穴に挿した人差し指と中指をじゅぽじゅぽと音を立てて、抽送していた。

「あぁ、もうおかしくなりそうです」

「おかしくなってくたばっちまえ。もっと早く、抜き差ししろ。まん汁が出なくなるまで、穴を掘れ……」

「そ、そんな……」

洟《はなみず》まで垂れてきた顔をヤクザに向けた、首を振った。

「俺に手間をかけさせるな、続けろ」

ヤクザが美菜の耳の横に伸縮棒を突き出してきた。側頭部を軽くコツンコツンと叩いてくる。

やはり喧嘩のプロだ。ここを一撃されれば、即死の可能性すらある。

「つ、続けます……」

美菜は目を閉じた。オナニーに集中することだけを考えた。この先のことを考えても仕方がない。いまは男の命じるままに、オナニーをすることだ。

指を一気呵成《いっきかせい》に動かした。左人差し指の指腹で、クリトリスを高速摩擦した。突起が粘膜の内側にめり込むほど強く押しながら、摩擦した。

「あぁあああああああっ」

快感の衝撃の強さに、瞼《まぶた》の中が一瞬明るくなった。右手は、手首が痺れて感覚がなくなるほどのスナップを利かせた。

ぷゅっ、ぷしゅ、ぷしゅっ。

指のピストンに圧迫されたまん蜜が、四方八方に飛び散っている。

「あぁ、いくっ、いくっ」

同じ言葉を繰り返し口走る。それでも擦った。全身汗まみれになっている。

どれぐらいのときが過ぎたのか、見当もつかなかった。その波は突然やってきた。

「あふっ」

身体全体がズドンッと星空に打ち上げられたような感じだった。

「あぁああああああああっ、いくぅぅ」

いつものおまんこと乳首だけが、浮いていくような快感とは違う。全身が淫らな炎に包まれて、遠い彼方に飛んでいくような感覚だ。

「あうぅ」

昇り切ったあとに、今度は急速な墜落感があった。火照《ほて》った身体のまま、ドスンと地面に叩きつけられるような錯覚があった。死んだと思った。

「いくっ」

美菜は肩を落として、動きを止めた。荒い息を吐くのが精一杯だった。

それでもヤクザは耳もとで、言ってきた。

「もっとやれ」

「はい……」

ほとんど意識は薄れ始めていた。

体がだるくて、思うように腰も手も動かなくなる。

喉がからからに渇いて、声も出なくなってきた。

陰核の刺激も薄れてきている。

いくらつねっても潰しても、感じなくなってきている。

おまんこが麻痺していた。

疲労感だけが残った。

オナニーでこれほど体力を消耗させられるとは思ってもいなかった。

ヤクザの狙いにようやく気が付いた。

女の身体に指一本触れずに、体力を奪うのには、オナニーをさせ続けるのが、一番だったのだ。

美菜は目を閉じた。一切のことが無常に思えた。

車はずっと走行していた。

川の匂いがする。スモークガラスのせいで、窓外の風景は判然としないが、広瀬川の脇を走行しているらしい。

美菜は眠った。眠ったまま川底に沈んでいくようだった

3

腕がチクリとしたので、目が覚めた。静脈に注射針が刺さっていた。少し体力が回復したところだった。

「これでまた、やりたくなる。やりたくて、やりたくて、しょうがなくなる」

男が言った。これはアンフェタミンだ。シャブ漬けにされる。咄嗟にそう思った。

「あなたとならセックスしても構いません」

美菜は答えた。頭の中で無常観が消えていた。チャンスだと思った。

「相手は俺じゃない。俺たちはそんな金にならないことはしない。あんたの相手は男優だ。五人ぐらいで回して、その様子を撮影させてもらう」

ヤクザらしい発想だった。

「いまからですか？」

「あぁ、これからすぐにだ。スタジオに男優たちが待機している」

「いまさら、どう喚《わめ》いても、助かりませんよね。どうせなら、ハイテンションで腰を振りまくりたいので、もう少し打ってくれませんか」

「いい根性している」

ヤクザはふたたび静脈に針を刺し込んできた。打たれた辺りが冷たく感じる。そのうちその冷気は脳にまで回り、思考が突然クリアになり出した。

美菜は男に悟られないように、腕に力を込めてみた。

すっと筋肉が張る。

錯覚であるはずだが、体力が蘇《よみがえ》ってきたように思えた。アンフェタミンを打ち込まれて、覚醒したのだ。

「だんだん、また、やりたい気持ちになってきたわ」

美菜は男に媚《こ》びるように言い、股間に指先を伸ばした。

クリトリスは危険すぎるので、花びらをいじってみた。その瞬間、電流に撃たれたような快感が走った。一瞬にしてキマってしまったようだ。

「あぁあああああっ」

自分でも驚くほど大きな悦びの声を上げた。

「あんた、いまから騒いでもらっちゃ困る。ズボンだけは穿け。下着はつけなくていい。どうせすぐやるんだから」

ヤクザに命令された。運は徐々に自分に味方しだしている。美菜は急いで、スノーボードパンツを引き上げた。

ワゴン車は国分町の最初に停まっていた場所に戻っていた。

スライドドアが自動で開いた。

「降りろっ。そこのスタジオまで歩くぞ」

男に腕を掴まれ、通りに降りた。

どうやら目的地の前には直接ワゴン車をつけたくないようだ。

目の前には大勢の人々が行き交っていた。そのまま男に手を引かれ歩いた。ショップが居並ぶ通りを歩いた。イルミネーションが眩《まぶ》しかった。先ほどひとりで歩いていたときの倍の光量に感じた。

聴覚も敏感になっている。

繰り返し流されている『クリスマスキャロルの頃には』が倍の音に聞こえた。

目も耳もぶっ飛んでしまっているということだ。それ以上に、身体中のあちこちの粘膜が疼く。

上唇にほんの少し舌を這わせただけで、腰がぐらぐらと揺れた。

ブラカップの中の乳首は、オナニー中に触っていなかったので、欲求不満の頂点に達していた。

「あぁ」

ヤクザに引きずられながらも、ときどきうめき声を上げなければならなかった。

さらには内股気味に歩いているので、一歩足を踏み出すたびに、股の間で陰唇が捲れ、くらくらさせられる。

それでも美菜は冷静に脱出のチャンスを窺った。

出来るだけ、ヤクザの仲間がいるワゴン車からは離れたほうがいい。しかし目的地に近づけば、そこにはさらに人数の多い仲間がいるはずだった。

逃げるなら、通りにいる間しかない。

美菜は辺りを見回しながら、歩いた。

前方から、ヒップホップ系のファッションをした若者たちの集団がやって来た。いかにもストリートギャングっぽい。

五人だ。

道に広がりながら歩いている。それぞれがステップを踏み、腰を振りながら歩いてくるのだ。ときおり、立ちどまって、ポーズを決めたりしている。

それぞれが、自分の動きを自慢し合っているようだ。真冬の凍《い》てつく舗道なのに、スケボーを手にしている男もいた。

日ごろ街の通りで見かけると、迷惑千万に思えるこの手の連中が、今夜ばかりは役に立ちそうだ。

すれ違うまで二メートルの位置となった。ストリートギャングたちは道に広がったままだ。

美菜の腕を取っていたヤクザが、若者たちを睨み付けた。

言葉にこそ出していないが「おいこら、クソガキ、道をあけろ」と言っている感じだ。本職のプライドかも知れない。片手は美菜の腕を握ったままだが、もう一方の手を背中に回している。紺色の背広の後ろ裾をめくり、挟んである伸縮棒を取り出そうとしているようだ、

ストリートギャングの真ん中にいる奴がにやりと笑った。赤い野球帽を被った鼻にピアスをした男だった。

「こんな人通りの多い道端で、ヤクザに何が出来るってんだよ。怖かねぇぜ」

腰にぶら提げていたチェーンを外した。

「ガキが、粋がりやがって。おめぇらみたいなのは、殴り殺しても組対《マルボウ》は見逃してくれるんだよ」

ヤクザがさっと、伸縮棒を取り出した。一振りさせて、先端を飛び出させた。

「あんだとぉ」

赤い野球帽をかぶった男がチェーンを振り上げた。ヤクザが伸縮棒で払う。

美菜を摑んでいた手が離れた。

「逃げんじゃねぇぞっ」

ヤクザは怒鳴ったが、目は赤い野球帽の男のほうを向いていた。

「くらえっ、クソガキ」

伸縮棒の水平打ち《レベルスイング》だった。赤い野球帽の男の左耳の辺りにヒットしていた。一番効く場所だ。

「ぐわっ」

被っていた野球帽が雪空へとふっ飛び、男が耳を押さえて、横転した。

ヤクザの顔も血にまみれていた。

同時にチェーンがヤクザの顔を斜めに打っていたようだ。

四角いヤクザの顔の右の眉から左の顎にかけて血が滲み出ていた。鼻骨が折れていることだろう。

鬼の形相でストリートギャングたちを睨んでいたが、当の本人も相当なダメージを受けているのは、明らかだ。その証拠に微動だにしない。

美菜はその隙に、残ったストリートギャングたちの脇を擦り逃げようとした。

「なぁ、俺たちとエッチしようよ」

右端の男に腕を摑まれた。背の高い男だった。黒の革ジャンパー。あちこちに鋲《びょう》が打ってある。ボトムスは厚手のジャージ。灰色の地に龍の金刺繍が施されていた。

「いま、したくてしょうがないけど、あんたじゃ、いやだ」

美菜は軽く膝蹴りを放った。雪道で滑っても困るので、ジャブのように軽く膝を上げただけのつもりだった。

「ぐえっ」

革ジャン男はあっけなく背中から舗道に落ちた。

覚せい剤の威力おそるべし。とんでもない力が出ていたようだった。

ゴキブリのようにひっくり返った男は胃袋の辺りを抱えたまま、のたうち回っていた。

「てめぇ、ケツから突っ込んでズブズブにしてやるっ」

さらに別な男が美菜に向かって掌を飛ばしてきた。

派手なスタジャンを着ている。

美菜は屈みこみ、身体を捻って、男の腹に肘を食い込ませた。今度は軽くではなく、渾身《こんしん》の力を込めて肘鉄を食らわせた。

「うぎゃっ」

男は瞬時にして嘔吐《おうと》した。

鶏のから揚げの残骸を吐き出している、安っぽいクリスマスを楽しんでいたようだ。

「ふたりもやってくれて感謝するよ」

ヤクザが残るふたりを伸縮棒でめった打ちにしながら、近づいてきた。

美菜はいまなら、ダンプカーと激突しても勝てそうな気分になっていた。

「あんた、さっきはよくも、私のヒップを蹴ったわね。お返しするわ」

右足をほぼ垂直に上げた。爪先がヤクザの股間にめり込む。ブーツ越しにもしっかりと睾丸を捉えた感触が残った。

「おぉおおおおっ」

ヤクザが絶叫し、その場に両膝を突いた。両手を股間にあてて、顔を歪ませている。

「てめぇ、逃げきれると思っているのか」

ヤクザは踏ん張って立ち上がろうとしている。

美菜は踵《きびす》を返した。

警察官の勘で言うならば、通行人から通報があれば、そろそろパトカーがやって来る頃だ。もはやかまっている暇はない。

ヤクザに連行されているときも、叫んだり、助けを求めたりしなかったのは、同業者に事情聴取をされたくなかったからだ。

されれば、ややこしいことになる。

4

全力疾走で通りを駆け抜けた。覚せい剤の威力はやはり凄い。ドーピングなんてものじゃない。

なんだか、とてもいい気分になって走っている。

セックスしたくて、したくてしょうがない状態で走っている。止まったら、誰にでも、抱きついてしまいそうで、不安だ。

とにかく走った。どれだけ走っても疲れないような気がした。

目の前に光の洪水のような風景が開けてきた。

最初に米川京子を追ってきたラブホ街だった。嗅覚も敏感になっているのか、やたら生臭さを感じた。男と女の粘液の生臭さだ。

愛液と精汁がまじりあった特殊な香り。連想するのは、絡み合った男女の様子でしかない。美菜の動悸《どうき》が一気に高まった。

「やりたいっ」

そう叫んで、凍結しているアスファルトを蹴った。周囲を歩くカップルの目には完全にいっちゃっている女に映ったことだろう。

蹴った足が思い切り滑った。

わっ。

美菜は妄想だけではなく、実際にも飛んだ。両手をバタバタと振りながら、空中を泳ぐ。妙な浮遊感があった。

頭の中でスピッツの『空も飛べるはず』のメロディが鳴っている。

青光りする路面が眼前に迫ってきた。

目を瞑《つぶ》ることもなかった、地面に激突するのが楽しめそうな気分だ。

私、めちゃめちゃになりたいっ。

路面に叩きつけられる前に、いきなり誰かの足が見えた。

トレンチコートの裾から覗く、グレーの紳士ズボンが目に入ってくる。

タックルっ。

美菜はその片足に抱き付いていた。相手は、当然ひっくり返っていた。美菜の顔は、トレンチコートの人間の股間にめり込んでいた。すぐに、これは男だとわかった。突っ込んだ位置が股間だったからだ。額に男のシンボルが当たっていた。美菜は顔を上げた、

「係長っ」

それは、橋爪係長だった。眼鏡がずり落ちて、洟を垂らしていた。

「東山さん……なんでこんなところにいるんです。痛たたたた……」

上司なのに敬語を使ってくる。署でもそうだ。警察庁からの出向というのが、キャリアのような印象を与えているせいだ。

顔を上げると、反対方向に小走りで逃げる米山京子の後ろ姿があった。

ふたりバラバラにラブホに入って、やるだけやったら、またバラバラに外に出たのは明白だ。

千恵美の情報通り、橋爪は警備課庶務係長の立場を利用して、売店で働く京子にセクハラを強要していたのだろうか。

なんて、いまそんなことはどうでもよくなっていた。とにかくアソコが疼いているのだ。相手は誰でもよいのだ。

「橋爪係長っ。ちょっとこっちへ」

美菜は容疑者を引っ立てるように橋爪の腕を掴み、真横に建っているラブホに強引に連れ込んだ。

自動チェックインカウンターを素早く操作して、空いていた一番豪華な部屋の鍵を受け取った。

部屋に入って、すぐに自動精算機に紙幣を入れた。自腹エッチだ。

「東山さん、ちょ、ちょっと待ってくれっ。あなたが風紀内偵員なことは知っている。だけど、誤解だ。ぼくは脅迫されているんだっ」

橋爪はしどろもどろに何か弁明していたが、いまは聞く耳を持っていなかった。

胸を一突きしてベッドに押し倒した。恐ろしいほどの怪力で押してしまったようだった。クスリの効き目はピークのようだった。

「痛いっ」

橋爪は息を詰め、胸を押さえたまま、仰向けに倒れ込んだ。土俵の下に背中から落ちた力士のようだった。眼鏡が床に吹っ飛んでいた。

美菜はふたたびダイブして橋爪に抱きついた。馬乗りになって、トレンチコートやら、背広やら、すべてを脱がす。

最後の楽しみとしてトランクスだけは残した。

その状態にして今度は自分が脱ぐ。ボーダーパンツを脱ぐと、中はすっぽんぽんだったので、ベッドから呆然と見上げていた橋爪は目を剝いた。

「東山さん、下着をつける習慣はないんですか」

「私服時に関する規則はありません」

美菜が橋爪の顔に跨り、口に女の泥濘《ぬかるみ》を押し付けた。

「んんぐっ」

橋爪が息苦しそうな声を上げた。陰唇に吐息がかかり、もぞもぞして気持ちがいい。

「米山京子さんに、無理やりこんなことをさせていたんでしょう」

言いがかりをつけた。正直言えば事実関係なんて、どうだっていい。ただそう言ったほうが、自分でも燃えるから言ったまでだ。

「だから、無理やりやられていたのは、ぼくのほうなんだ。米山に強要されていたんだ」

橋爪の声が膣に響いた。往生際の悪い容疑者のような物言いだ。

「そんな言い訳は聞かないわっ」

美菜は割れ目を橋爪の唇に擦りつけながら、上半身を脱いだ。女陰に対する自慰だけだったので、乳首が欲求不満に陥《おちい》っていた。

自分で左右同時に摘まみ、捏ねながら、尻をがくがくと振った。

猛然と快感が湧き上がってくる。身も心も遥か宇宙へと持っていかれるような感覚だ。

「あひゃ、ぅうううぅ、いいっ」

橋爪の顔を両太腿でロックし、割れ目を今度は橋爪の鼻に擦り立てる。形のいい鼻梁が小陰唇を割り広げて、突起にも当たる。

「これ、いいっ」

美菜は衝動に身を任せた。愛液が、じゅるじゅると橋爪の鼻腔の中へと落ちていく。

「ふがっ、や、止めろっ、窒息するっ」

橋爪が激しく顔を振る。それがまたいい。

「いうぅううう」

最初の高波に襲われた。男の鼻骨で、達したのは初めてだった。

鼻梁と割れ目は相性がいいっ。

新たな発見に感動しながら、美菜はベッドに崩れ落ちた。橋爪の顔は、まるで水飴でも塗ったように、ベトベトに光り輝いていた。

息が整ったところで、起き上がり、橋爪のトランクスを引き下ろした。

「やめろっ。あんたまで、ぼくを愚弄する気か」

橋爪は男根を隠した。自信のなさそうな目だ。

「米山さんに挿入したばかりだから、勃起しないんでしょう」

むりやり手を外した。今夜の美菜は怪力だった。どんな力にも対抗できる。

「あぁあ、見るなっ」

橋爪は顔を背けた。

半勃《はんだ》ちだった。

ひょっとして短小を嘆いているのかと思ったら、サイズは標準だった。ただちょっと皮が多い。亀頭の半分まで包んでしまっている。

橋爪が観念したように呟いた。

「仮性包茎で、あげくEDなんだ……」

「へっ……最初のほうはまったく問題ないけど、EDは疑問だわ。いま米山さんとやった証拠隠滅なんじゃゃない」

美菜は聞いた。

「やってない。一度もやってない。毎回詰《なじ》られているだけだ」

哀れな表情で言っている。あながち偽証でもなさそうだ。

「調べればわかるわよ」

美菜は半端な勃起状態の肉根を両手で包みこみ、まず、ぐいっ、と皮を剥いた。

亀頭がにょっきり現れる。頭が、でかいっ。雁《かり》もよく張っている。

「おぉお」

橋爪が背筋を張った。

「仮性の人の亀頭ってピンクが多いから、私、好きだわ……っていうか仮性フェチなのよ」

仮性フェチは事実だ。美菜は見惚れた。

「は、初めてそんなことを言われた……」

「なに言っているんですか。仮性包茎フェチの女って結構多いのよ。膣の中に入れると、皮が伸び縮みするのが、別な味わいになって、いいって」

言いながらしごいた。ピンクの亀頭をしゃぶる。

「おぉおおっ」

肉根に筋が通り出した。

「なんだ、やっぱり、勃起しますね。係長、ＥＤじゃないです」

「いや、仮性包茎を気にして、ＥＤ状態になっていたようだ。東山さんが、仮性包茎好きって言ってくれたので、気持ちが楽になった。だから勃起した。二年ぶりだ」

じゅぽじゅぽ吸ってあげた。

「ぅうっ」

橋爪の太腿がピクピク痙攣した。

「それが嘘か本当か、いまからわかります」

美菜は橋爪を睥睨《へいげい》するように一度立ち上がり、あらためて蹲踞《そんきょ》の姿勢を取った。熟し切った肉処に、男根の尖りを当てる。

「はっ」

息を吸い、尻を垂直に落とした。

「おぉおおおっ」

橋爪が口をへの字に曲げた。

ずいずいずいと、突起が入り込んでくる。硬度、身長、胴回り、すべて一級の砲身であった。

「あんっ、係長っ、いやんっ、これ凄くいいいっ」

尻を持ち上げ、叩き下ろすごとに、膣の中で、皮がぴよ〜んっ、ぴよ〜んっと伸縮している。

「あふっ、ふわっ」

硬い粘膜芯とは別な味のスキンの捲れる刺激。

特に子宮に向かって進んでくるときに、ペニスの皮がクルクルと捲れる感じがたまらない。

「東山さんっ、本当に入れちゃうなんてっ」

「はいっ、風紀内偵員ですからっ」

美菜はハイピッチで、尻の上げ下げをした。

「おぉおおおっ。やばいっ。久しぶりだから、もう出そうだっ」

「ほんとかなぁ」

ここは肝《きも》だ。出る量で、さっきやったかやらなかったか、判断がつく。浮気を疑う人妻の気分だ。

美菜は身体を前に倒して、橋爪の乳首をベロ舐めした。二点責めで射精を促進する。

「おぉおおおっ、爆発するっ」

橋爪が大声を上げた。署では聞いたことのないような若々しい声だった。

子宮にびゅんっと熱波が当たった。勢いがあった。

続いて三発ぐらいに分けて、汁玉が打ちあがってきた。その後もドクドクを吹き上げつづけている。夥《おびただ》しい量の精汁だった。

「ふあぁ〜、確かにこれは、直前ではやっていないわねぇ、あぁああ、私もいくっ」

橋爪は、汁を吹き上げながらも懸命に尖りを突き上げてきた。よく張り出した鰓が、ぬるぬるの膣襞を抉りまくってくる。粘膜がざわめき、膣がどんどん窄まった。

「あふっ、ぬはっ、いっくぅううう」

膣圧で男根を挟み締めながら、美菜はのけ反った。父親ほども歳の離れた橋爪に、結合部分を見せつけるように、そっくり返ってしまった。

最後に、すぽんっと肉杭が抜けた。

異常なほどの性欲の高まりからようやく正気に戻り始めていた。

ほんの三分ほど、目を閉じた。橋爪も息を整えている。

美菜の方から切り出した。

「係長、脅されていたって、どういうことですか……こんなことしながら聞くのもなんですが、まだ朝までたっぷり時間がありますから」

橋爪の男根を手筒でしごいていた。部屋代を払ったのは自分だ。せこいと言われても、あと二回は嵌《は》めたい。

「二年も黙っていたことだが、覚悟を決めた。話すよ……」

橋爪は天井を見ながら口を開いた。

美菜は頷く代わりに、握りを強めた。

「米山京子は常《じょう》闘《とう》会《かい》仙《せん》北《ほく》組《ぐみ》の幹部の情婦なんですよ」

「なんですって……」

常闘会は東京に本拠地を持つ広域暴力団だ。全国に傘下団体を持つが仙北組はその直系団体のひとつのはずだ。

「……まさかそんな人間が、警察署の売店に潜り込んでいるとは思わないじゃないか。こんなしょぼい定年間際のおっさんに色仕掛けをしてくるなんて思うかい？」

橋爪はとつとつと語り始めた。

警察署内にあるとはいっても、売店や食堂は委託された民間会社の運営だ。米山京子は、その会社に潜り込んだことになる。

京子が売店に立つようになったのは二年前。

彼女が働きだしてから三週間ぐらい経ったある日、橋爪はばったり署の近くの喫茶店で出くわし、さんざん褒め上げられたそうだ。

日頃、売店では鉄火な口調だったのが、そのときばかりはしおらしい口調だったという。

ヤクザが使う心理操作だ。橋爪はころりと騙されて、ラブホに入った。

そこから先はありがちな話だ。

睡眠薬を飲まされ、裸の写真を撮られたのだ。

「包茎の写真をネットにばら撒《ま》くと脅されたんです」

橋爪のコンプレックスを見事に利用した脅しだ。

京子の狙いは警備課の重要人物に対する警備状況や、署内幹部の下ネタ情報を探せということだったという。

美菜がやって来て、綱紀粛正になっては、脅せるネタが少なくなるので、困ったようだ。

「私が風紀内偵捜査員だというのは、いつごろから気が付いていたのですか」

「最初はただの噂でした。松川がカマを掛けて聞き出したので確定しました」

「えっ、カマをかけた？」

「松川千恵美……実はあの女が米川京子のボスです」

信じられない言葉に、美菜は耳を疑った。

「って、彼女、まだ二年目の……新人署員じゃないですか」

「あの女、現在も半グレ集団の裏リーダーです。覚せい剤を市内のクラブに流しているような犯罪者です。米川京子を共済会に入れて、私を嵌めさせたのも実は松川なんですよ」

「えぇぇえっ」

「痛いっ」

思わず橋爪の男根を握る手に力が入りすぎていた。

「ごめんなさい」

「いや、いま気持ちよかったです」

「話を続けてください」

「松川は京都の出身なのに、わざわざ宮城県警を受けています。京都での背景にはなんら曇りはありません。一般家庭に育ち、京都の私大を卒業後、宮城県警に就職しています」

「京都弁なんて微塵も出ていなかった……」

「それが、彼女の賢いところです。仲間に引き入れられて、知ったのですが、松川は京都の大学時代から各サークルに潜り込んでは、覚せい剤を流していたんです。おそらく、その時代から京都の常闘会関係者と繋がっていたんでしょうな」

だんだん読めてきた。

ヤクザが積極的に、国家機関に「枝」を潜り込ませてきているのだ。そして、その工作員が最初にヤクザと接点を持った地域とは異なる場所に就職させる。それが手なのだ。警察内部に潜入しながら、同時にそこから地元の半グレ集団も操っていく……。

美菜は恐ろしい夢を見ている気がした。

すぐに、明田真子にメールした。

翌日、北青葉署に出署すると、松川千恵美から退職願いが届いていた。米川京子も辞職したという。

その日、橋爪係長も依願退職届を書く決心をしたと、美菜に告げた。

美菜は東京に戻る準備をした。

第四章　京都コネクション

1

十二月二十八日。

京奈和自動車道城陽インターを降りて間もなく走ったところで、追跡中の白い軽自動車がいきなり倉庫街へと左折した。

ウインカーも点滅させずにタイヤの音を軋《きし》ませて、まるで消えるように曲がったのだ。

ちょうど陽が落ちる時刻であった。

ちっ。尼僧《にそう》のくせにマナーゼロだ。

警視庁警備一課の岡田潤平は舌打ちして、ブレーキを踏んだ。こちらは中型セダンだった。京都府警から借りた覆面車《メンパト》だ。

尾行を開始したのは西京極にある小さな尼寺「白桃寺《はくとうじ》」からである。本山を持たない独立系禅寺。

尼寺であるが、縁結びの寺として女子が押しかけてきているそうだ。

もちろん女同士の縁結びである。

しかし、この寺が縁を結んでいるのは、女同士だけではない。昨日一日の定点観測だけでわかったことがある。

住み込みの尼僧たちが、夜中に木屋町や河原町のクラブに出かけ、白桃寺特製匂袋《においぶくろ》を密かに売っていたのだ。

もちろん境内の売店で販売している匂袋とは異なる。

購入した男をトイレに連れ込んで、匂袋を強奪したら、案の定、その袋の中にはちょうどワンパケ分の覚せい剤が入っていた。

岡田は、まだこの事実を京都府警には告げていない。警視庁が追っているのは、単純な覚せい剤密売ルートではないのだ。

警察がヤクザに乗っ取られる可能性がある事案だった。

尾行がバレたようなので、岡田は隠密捜査から威嚇捜査に切り替えることにした。

証拠を上げて、吐かせるのも手だ。

岡田は、軽自動車が曲がった角から二十メートルほど行き過ぎたところで、U字ターンをして、軽自動車が入った道へ入った。

倉庫街へと通じる一本道。通称トラック通りだった。

御用納めの日とあって、道は閑散としていた。

直線道路を進むと、さまざまな倉庫が見えてきた。この辺りは近畿圏の物流拠点のひとつである。

岡田は慎重に左右を確認しながら、走行した。

かなり先に、尼僧が乗っていた軽自動車を発見した。

近代的な流通センターの倉庫群のかなり手前の位置に、ぽつんと建っている古びた倉庫の前にその車は停まっていた。

倉庫のシャッターは下りている。その横に、扉が見えた。

岡田はさらに車をスローダウンさせながら接近した。

すると倉庫の扉が開き、黒衣に白頭巾《しろずきん》姿の尼僧が出てきた。

手に巾着袋を提げている。

すでに粉《ポン》を受け取ったのかもしれない。

尼僧は軽自動車に向かって歩を進めた。

岡田は逡巡した。

踏み込み、職質を掛けるという手もある。

京都府警のシマなので、越権行為になるが、覚せい剤所持の現行犯として引き渡せば、ルール違反とまでは言うまい。

府警にポイントが付くからだ。年末の大金星となろう。

尼寺で覚せい剤入りの匂袋を裏で売っているという情報を摑んだのは、警視庁が先なのだが、その手柄を譲ろうというわけだ。

こちらの狙いは別だ。ヤクザと警備会社と警察の癒着構図を解明することにある。

岡田は尼僧が乗りこもうとしている軽自動車の進行を妨《さまた》げようと前進した。セダンを横付けして動けなくするつもりだ。

尼僧が気づいたようだった。

ふと顔を上げ、岡田に向かって艶然と微笑んだかと思うと。巾着袋をぐるぐると振り回し始めた。

いやな予感がした。

岡田はステアリングを握ったまま、もう一方の手で胸のガンホルダーからS＆Wのリボルバーを引き抜いた。

尼僧との距離は五メートル。

尼僧の腕か肩を弾《はじ》く自信はあった。とにかくあの巾着袋を尼僧の手から引き離さなければならない。

急いでサイドウィンドウを下ろし、銃口を差し出した。

距離がさらに一メートル縮まったところで、セダンを停車させた。

尼僧はその瞬間に巾着袋の紐を離し、すぐにしゃがみこんだ。

岡田は引き金《トリガー》を絞るのがほんの少し遅れた。

ちっ。尼僧の膂力《りょりょく》を甘く見た。

銃弾は尼僧の頭上を抜けて倉庫のシャッターにめり込んだ。

無駄に派手な音を立てただけだった。

弾丸とすれ違うように巾着袋が回転しながら飛んできた。

いやな予感がピークにまで達した。

巾着袋がフロントガラスに激突した。

同時に炸裂する。

「おぉおおおおっ」

工事用の小型爆弾入りの巾着袋だったようだ。火薬が少量だったのがせめてもの救いだ。

この覆面車、京都府警交通課の速度違反追跡用パトカーだ。そんなパトカーに防弾ガラスなど施されていない。

「たまんねぇっ」

ガラスが粉々に割れて、運転席側に破片の雨が振ってきた。

運転席で、身体が何度か飛び跳ねた。

尼僧は倉庫の扉の前から、さらにボールのようなものを拾い上げている。多分あれが爆発物だ。

おっととと。

岡田は速攻、シフトのギアをRに入れて、猛然とセダンをバックさせた。とにかく彼女の腕力では届かない位置まで下がるしかない。

「うわぁあああああ」

今度はルームミラーに目をやり、さすがに悲鳴を上げた。心臓が止まりそうになった。

うそだろっ。

背後からブルドーザーがシャベルを上げ下げしながら、迫ってきているのだ。黄色のブルだ。それもキャタピラ車だ。コマツか？　三菱か？

どちらにせよ、銃でタイヤを撃ち抜いて、停車させることは出来そうにない。

こいつらハンパねぇ。

まるで現代の僧兵だ。

思わず五百年前の比叡山延暦寺の僧兵を思い出した。

宗教に操られた連中は、麻薬患者に似ている。世間の常識や善悪が、ひとりの独裁者によってコントロールされてしまうのだ。

織田信長でさえ、坊主には手を焼いたのだ。焼き討ちしたくなる気持ちもわかる。

急ブレーキを掛けて、セダンを道の中央に止めた。タイヤのゴムが焦《こ》げたような臭いが上がる。フロントガラスが、さらにバラバラと崩れ落ちてきて、前面がほぼ空洞になる。

おいおいおい……。

事態はさらに最悪な状況に向かっていた。

前からも同じ形のブルドーザーが迫ってきているのだ。こっちは黒い色のブルだ。

同じ型でも黄色のブルより凶暴に見える。

セダンが二台のブルドーザーに完全に挟み撃ちにされた格好だった。

前方の黒ブルはシャベルアームを上げ下げしながら、向かってきている。

操縦しているのは、先ほどの爆弾尼僧だ。

ボクサーがグローブを顔の前に合わせ、身体を揺すりながら攻めてくるファイティングポーズに似ている。

このままでは、車ごと踏みつぶされる。

絶体絶命の危機だ。

岡田はセダンのドライブレコーダーが、まだ作動しているのを確認した。

明らかに正当防衛が成立するはずだ。

シャベルアームが少し下がって、尼僧の姿が見えた瞬間を狙って、岡田は拳銃の狙いを定めた。フロントガラスが空洞になっているので、狙いやすかった。

白頭巾を被ったおっとりした表情の尼僧の額に照準を合わせた。

やられるか、先にやるかだ。

顔射しかねぇ。

ロボットのようにアームを上げ下げした黒ブルが、どんどん間を詰めてくる。

尼僧の顔がアップになった。

「仏になりやがれっ」

岡田はトリガーを引いた。轟音が鳴り響き、銃口が白煙を上げた。

射精した気分に似ていた。

尼僧はうっとりした顔で、ステアリングを握ったままだ。

「……」

岡田は唇を噛んだ。

弾丸は黒ブルのフロントガラスにめり込んだだけだった。

勘弁してほしい。

防弾ガラス仕様のブルドーザーなんて聞いたことがない。これは戦車だ。

「まいった」

そう思ったとき、岡田の諦観を見すかしたようにリアトランクに衝撃があった。

後方の黄色のブルドーザーがシャベルでトランクを叩き割っていた。リアウィンドウにもひびがはいっている。

前方のブルドーザーはもっと無茶をしてきている。

フロントグリルから徐々にボンネットへとキャタピラを乗り上げてきているのだ。

京都府警から借りたセダンが、クラッシュされようとしていた。

これは高くつく……。

岡田は京都府警への言い訳を考えながら、運転席の扉を蹴り開けた。

ルーフがやられる前だったので、どうにか開けることが出来た。

アスファルトの上に転げ落ちる。

拳銃だけはどうにか落とさずにすんだ。

回転しながら、前方の黒いブルドーザーの運転席に向けてトリガー引いた。

サイド窓を狙ったが、やはり銃弾は跳ね返された。

話が違うじゃないか。明田課長っ。

岡田はアスファルトの上を転がり回りながら、上司の言葉を思い出していた。

2

『相手はただの半グレ女たちよ。せいぜいナイフを振り回すだけよ。どうってことないでしょう。師走の京都を楽しんできてよ』

と京都出張を命じられたのは、二日前のことだ。

ナイフレベルじゃねぇよ。戦車みたいなので、攻めてくるじゃないか……。

上司を呪っている暇はなかった。

後方のブルドーザーがシャベルを振り下ろしてきた。セダンのルーフが呆気ないほど簡単にひしゃげ、白煙を上げた。

おいおいおい。

辺りは人気のない一本道だ。

どうやって帰る？

などと途方に暮れている場合ではない。

「おっと」

いきなり肩に激痛が走った。

腕が痺れ、拳銃を落としてしまう。最低だ。

振り返ると、もうひとり尼僧が立っていた。後方から攻めてきたブルドーザーを操縦していた女だ。頭巾を被っておらずスキンヘッドだった。三十代半ばに見える。

スキンヘッド女が上段から鉄パイプを振り下ろしてきた。

「禅の修行っていうのは、平らな板で打たれるんじゃなかったのかよ」

岡田は真横に飛んだ。頭に鉄パイプを打ち込まれる寸前で躱《かわ》した。

「うちの警策《きょうさく》は、過激なのよ」

今度は水平打法で足元を狙ってくる。棒の回し方が早い。ビュンと風を切る音がする。足首に当たりそうになった。

岡田はジャンプし、これも躱した。

スキンヘッド女は空振りとなった。

水平打法の最大の欠点は、空振りをした際に、二の手を打つのに手間がかかることだ。

腰を落としたまま、空振りした勢いで独楽《こま》のように回転している女に、岡田は背後から抱きついた。

摑みやすい乳房を両手で鷲摑んだ。

ブラジャーはしていなかった。尼僧はそんなものはしないのだろうか。弾力があった。いやらしく揉んでやった。

「あんっ」

スキンヘッド女が喘ぎ声を上げた。鉄パイプを落とす。

岡田はそのままスキンヘッド女を抱え上げた。姫抱きだ。

「何をするっ」

女が岡田の肩に嚙みつこうとしてきた。

岡田はそのまま、弾《はず》みをつけて、女を地面に対して垂直に叩き落とした。姫抱きしていたので、尻から落ちる。ぐちゅ、と粘っこい音がした。

「あうううううううっ」

おまんこがぐしゃぐしゃになるほどの衝撃があったはずだ。

スキンヘッド女が尻を押さえてもがいている隙に、岡田は後方のブルドーザーに向かって走った。

あいつを乗っ取るしかない。そのとき声がした。

「イケメン刑事さん、そこまでよっ」

声と共に足元に銃弾が飛んできた。

正確な威嚇射撃だった。

前方のブルドーザーから降りてきた頭巾を被ったほうの尼僧が、拳銃を拾い上げていた。

銃把《グリップ》と引き金《トリガー》に両手を添えている。銃を撃ったことのある人間の構えだ。

しかも銃口がやや下げられている。逃亡防止に脚を狙っているのは明白だ。

この女の目は、本職《ヤクザ》と何ら変わらなかった。躊躇《ちゅうちょ》せずに人を殺せる目だ。

岡田は両手を上げて大きくため息をついた。

「俺の負けだ。だが、桜の代紋を敵に回すっていうのは、どういうことか知っているよなぁ。おまえら徹底的に潰されるぞ」

「うちら、その桜の代紋を乗っ取るつもりやねん」

尼僧の背後に黒のパンツスーツ姿の女が五人ほど集まっていた。

テレビドラマなら、ここでいったんコマーシャルが入る場面だ。

3

「うっ」

岡田は顔面に回し蹴りを食らった。素足の甲でやられた。

蹴ってきたのは、一時間前に「おまんこ落とし」を食らわせたスキンヘッド女だった。

蹴りといい、先ほどの鉄パイプの振り方といい、少林寺拳法の覚えがあるようだ。

「私さぁ、イケメンって、大嫌いなんだよ」

また食らった。頬骨はどうにか砕けずに済んだが、目の下が切れた。血が滲むのがわかった。

スキンヘッドは関西弁ではなかった。

倉庫の中。岡田は、背広を着たまま中央にある剥き出しの鉄骨柱にロープで括りつけられていた。

床に尻をつけ、座った状態で縛《しば》られている。

後ろ手に縛られ、両脚はM字に開かされていた。

股間を開いたまま、暴力を振るわれるというのは、恐怖感が倍になる。いつ睾丸を蹴られるかわからないという恐怖だ。

岡田は目を凝《こ》らした。苦痛に顔を歪めてばかりはいられない。

周囲を観察し、脱出する糸口を探す。

倉庫内には様々なものが置かれていた。

スチール棚に、ハンマーや斧にバール。それに火薬やセメントの袋がいくつも積まれている。

陸上競技で使う、砲丸玉や防犯用カラーボール、それにモデルガンもあった。

別のスチール棚に目を向けると、そこは薬品類の箱が山積みされている。注射器の入った箱もある。

普通の人間が見ても、単なる建築用具と薬品の備蓄庫としか思わないだろう。だが刑事の目で見れば、ここが武器庫であることは一目瞭然だった。

「京子さん、そんなにその男の顔面を潰さないでくれますか。久しぶりにイケメンとやりたいって子もいるよって」

奥から、白頭巾を被った尼僧が声をかけている。背後でパンツスーツの女たちが頷いている。

イケメンと呼ばれて、いくらか痛みが消えた。

スキンヘッドが振り返った。

「千恵美姐《ねえ》さん、この男、私のおめこを道路に叩きつけたんですよ。こっちもキンタマぐらいを潰してやらないと、気がすまないですよ」

京子と呼ばれたスキンヘッド女が、岡田の股間に視線を落としてきた。すっと爪先が上がる。

岡田は目を閉じた。歯を食いしばり、衝撃に耐えようとした。

「いいかげんにおしっ」

同時にビシッ、という音がした。

「あっ」

と、京子の叫び声。

岡田は目を開けた。

千恵美姐さんと呼ばれた女が、一条鞭《むち》で京子の軸足を掬《すく》ったようだった。京子がコンクリートの上に横転していた。

「一回りも年上の大先輩やから、あんたをサブリーダーにまで、取り立ててやったんよっ。だけど、あんた、あかんわ。田舎ヤクザの情婦《イロ》だった頃はともかく、『女豹連《めひようれん》合《ごう》』では、感情で動いたらあかんって、何度もゆうたやろ。金にならんことを、うちらはせぇへんのや」

喋《しゃべ》っているのが、本ボシの松川千恵美であった。

三日前まで宮城県警北青葉署の職員だった。

警察機構を内部から揺さぶろうとしていた広域指定暴力団常闘会の下部組織「女豹連合」の非公然リーダーである。

同僚の東山美菜が、北青葉署へ内偵捜査に入った際、別件容疑者として発見したことから、課長である明田真子がこの女の素性と行方を徹底的に追跡したのだ。

その結果、年の瀬だというのに岡田が京都へ出張させられることになった。

まずは京都の尼寺へ逃げ込んでいた千恵美を特定して、その行動パターンを観察するつもりだった。

捕まってしまったのは失点だが、逆に自分が全貌を知るチャンスでもある。いますぐ殺されなければ、だ。

「こいつをシャブ漬けにする前に、舐めたり、入れたりしたい子は手をあげて」

千恵美がビジネススーツの女たちに言った。

はいっ、と五人全員、挙手をした。

まいった。五人かよ……。

「じゃあ、ふたりずつね。最初は匂袋の売り上げ上位の紀香《のりか》と早苗《さなえ》……」

千恵美が指さした。

黒ぶちメガネをした大手企業の秘書風の女が紀香。

細身で端正な顔をしている。二十代半ばといったところか。

早苗のほうも同じぐらいの年齢に見えるが、こちらはポッチャリとした体形で、顔もふっくらとしている。岡田の家の近くのパン屋の店員に似ていた。

どちらも女半グレ集団のメンバーになるようなタイプには見えなかった。たぶん、ホストクラブかボーイズクラブで嵌められたのだろう。

紀香と早苗はいそいそとパンツスーツを脱いだ。

ブラジャーとパンティだけになり、岡田に近づいてきた。

岡田はスーツを着たままだった。その上から縛られているので、ファスナーとワイシャツのボタンを開けられることになった。さすがにロープをほどいてはくれない。眼鏡を外した紀香がベルトを外し、ファスナーを開けて、肉根を取り出し始めている。素早い手の動きだった。ポッチャリ気味の早苗は、ワイシャツのボタンを外す手がゆっくりだ。ただ瞳だけは爛々《らんらん》と輝かせている。

身動きが取れないまま、前を開けられていくのは、恐怖でもある。

「残りのメンバー全員、オナニーっ。たっぷり濡らして待つことね……」

千恵美が命じた。

残った三人の女たちは、その場にしゃがみ込み、それぞれ、脱ぎ始めた。ナイスボディもいれば、少し肉がつきすぎた女もいた。

ブラジャーを取って乳房を揉み始める女もいれば、股間に鉄パイプを挟んで、腰を振りだす女もいた。

殺伐としていた倉庫内の空気が艶めきだす。

スキンヘッド女の京子も黒衣の前裾を開け《はだ》、股間に手を突っ込んでいる。

「京子、あんたは、潰れたおめこを見せなさいよっ」

千恵美がヒステリックに叫んだ。京子があわてて、裾をかき分け、M字開脚した。

「なんや、おめこ、元から潰れているやん。ぐちゃぐちゃや」

千恵美が近づき、がに股になって、京子の平べったい粘膜を、じっと眺めた。

陰毛は残っていた。

頭は剃髪《ていはつ》しているので、下の毛がよけい生々しく見えた。

「仙台ではこのエロおめこで、橋爪のおっさんの棹を絞りまくったんやなぁ」

一回りほども歳の差があるにもかかわらず、千恵美は見下すように言っている。

極道や半グレの社会はサバンナと変わらない。強い方が、弱者を仕切るのだ。

「はい、千恵美姐さんの言う通りにしました」

京子は敬語を使っている。

「尼さんになって、つるつるになった気分はどうや？」

「なんだか変な気持ちですが、仰る通り、下手な変装よりも効果があると思います」

「せやろ。常闘会もうまいこと考えはったわ。クラブなんか経営するより、よほど尼寺のほうが、使い道あるわ」

言いながら千恵美が白頭巾を取った。千恵美は剃《そ》ってはいなかった。ばさりと黒髪が落ちる。

「一昨日《おととい》、京子に頭を丸めさせたよって、うちは、こっちを剃ったんや。さぁ、みんなも拝みっ」

千恵美がさっと黒衣を捲った。白襦袢《じゅばん》ごと帯の上まで捲っている。真っ白な太腿と尻が露《あら》わになった。

見れば股間に茂みはなかった。

「どや、つるまん、や」

京子もオナニーをしていた女たちも、驚きの声を上げた。紀香と早苗も、岡田を脱がせる手を止め、目を丸くしている。

「これが女の責任の取り方や」

貫禄を示す言い方だった。

「さぁ、みんな、やりぃ。京子はわかってんやろ。こっち……」

千恵美が京子を手招いた。

紀香と早苗は、止めていた手を動かし始めた。

紀香がロープで縛られてい腹部の下でズボンを引き下げた。膝のあたりに絡まった。よけいに動きづらくなった。嬉々としてトランクスのゴムに手を掛けている。するっと下げられた。

勃起が飛び出した。紀香が微笑み、舌を伸ばしてくる。

「男なんて、半年ぶり……」

亀頭の真裏を、じゅるりと舐められた。

「おっ」

尻の裏まで気持ちよさが駆け抜けた。紀香はそのましつこいぐらいに亀頭裏を舐め続けた。ソフトクリームじゃねぇ。

「ピクピクしている」

根元を握られた棹は、カチンコチンに硬直した。筋がいくつも浮いている。正直破裂しそうだった。

「それ以上、そこを舐めたら、出るぞっ」

「まだ、出しちゃだめっ」

岡田が言うと、紀香が舌の動きを止めた。岡田は背中にたっぷり汗をかいていた。

今度は咥《くわ》えられた。楽しむように、亀頭の角度をさまざまに変化させている。

片頬を肉の尖りが持ち上げている。とんでもなくいやらしい光景だった。

ほぼ同時進行で、ワイシャツの前が開かれ、アンダーを肩まで引き上げられていた。

「うち、乳首をしゃぶるの上手《うま》いんよ。めったに男はんのは、舐めまへんけどね」

早苗が右乳首に、ふっと息を吹きかけてきた。温かい吐息だった。右乳首が一気にざわめき硬直した。

早苗の厚めの唇を見ただけで、上半身が溶けてしまいそうなほどの欲情を感じた。

次の瞬間、唇でにゅぽっと吸い取られた。フェラチオのように唇と舌を駆使して、舐めしゃぶってきた。日ごろは女の乳首を舐めているらしい早苗のしゃぶり方は、とんでもなくいやらしかった。

上目使いに岡田の顔を見上げ、じっくりと乳首をとろかすように舐めあげてくる。舐めている早苗も切なげな表情になっていた。

「あふぅうう」

気が付けば、岡田は縛り付けられていた鉄骨柱に後頭部を打ちつけていた。がくん、がくんと何度も打った。

上から下から、ぞくぞくする心地よさが、何度も襲ってくる。尻穴が緩むほどだ。

「あぁああ～」

身も世もなく喘ぎ声を上げた。刑事のプライドゼロだ。

薄目を開けてみれば股間の中心では紀香が小さな顔を上下させている。唇が捲れるほど激しいスライドさせていた。吹き上げそうだ。

「もっと、もっと舐めなさいっ」

前方で千恵美の声がした。

見やると、千恵美はスチールの棚に足を上げ、立ったまま開脚している。その真下に京子の顔があった。口の周りをベトベトにして、まん舐めをしていた。自分の秘孔も指で掻きまわしていた。

「あぁっ、もっとベロ舐めしてっ。ヌルヌルにしておかなきゃ、怒られるのよ」

千恵美が顔をくしゃくしゃにしていた。

「あぁ、いくっ。マメを集中的に舐めてっ、あふっ、いくっ」

オナニーをしている三人の女たちも、競い合うように声を張り上げている。

紀香がその声に煽《あお》られるようにふらふらと立ち上がり、パンティを脱いだ。

陰毛は小判型に刈り込まれていた。

スレンダーだがヒップは豊かだった。

ちらりと見えた肉襞は半開きだった。本人の意思とは別に、中の小陰唇が勝手に蠢いているようだった。

「紀香ちゃん、入れはる？」

早苗が聞いた。

「うんっ。半年ぶりの挿し込みや……」

「毎晩、うちの指だけじゃ、不満やの？」

「そんなことない。これは別物や」

紀香が困った顔をした。

「しゃあないなぁ。ほな、おちんちんを入れているときに、おっぱい舐めたるわ」

「うん、交互に、そうしよっ」

そう言って紀香が後ろ向きにヒップを下ろしてきた。

背面座位で挿入するつもりだ。

「持っていてあげる」

早苗が男根に指を絡め、入射確度を合わせている。協調性がある。

「あんっ。いいっ」

岡田の男根が温かい女壺に亀頭から順に包まれていく。

「あぁあああああ」

やがてすっぽりと収まった。紀香はそのままスクワットをするみたいに尻を上下させた。

そのバストに早苗がしゃぶりついていた。

「いやんッ、まんちょもおっぱいも気持ちよすぎるっ」

紀香の腰振りが一段と速まった。

「おぉおおおおおおおおおお」

淫爆は突然襲ってきた。亀頭の尖端から熱いマグマを噴き上げる。

止まらないっ。

「あぁああ、撃って、撃って、もっといっぱい、熱い液をぶち込んでっ」

日頃、射精を浴びることのない女性同士の戯れに明け暮れしてるいるせいか、紀香は狂喜乱舞した。

肉壺をドロドロにしながらも腰を振り立ててくる。

岡田は白い液を噴き上げながら、身震いした。五人に同じように絞られたら、死ぬような気がした。

頼む、そろそろ助けてくれ……。

4

扉が開いた。

男が入ってきた。女たちの喘ぎ声が、その瞬間に止まった。

岡田の男根は紀香に続いて、早苗の女壺に包まれていた。早苗は七年ぶりの交わりだそうだ。

男はオールバックで、黒のオーバーコートを肩にかけたまま。顎を撫でながら入ってくる。

五十ぐらいの男だ。伴は連れていない。おそらく外で待たせているのだろう。扉の方から何人かの男たちの声が聞こえた。

「若頭《かしら》っ」

千恵美が甲高《かんだか》い声を上げた。立ち開脚して、京子の舌を受けたままだったが、先ほどとは打って変わって、怯えた目になった。

どの世界にも、上には上がいる、ということだ。

「竜崎《りゅうざき》さん」

口の周りをべとべとにした京子が、名を口した。千恵美が京子の頭を叩く。ぴしゃっと、スキンヘッド特有のいい音がした。

「おうっ、かまへんで。どうせ刑事はんには、わかるこっちゃ」

竜崎……その名前には聞き覚えがあった。常闘会直参《じきさん》風神組《ふうじんぐみ》の若頭《わかがしら》竜崎和樹《かずき》に違いない。実話系週刊誌でよく見かける関西極道界の大物だ。

竜崎は岡田を一瞥《いちべつ》した。

が、表情ひとつ変えず、千恵美のほうへと歩を進めていった。ズボンのファスナーを開けながら歩いている。

千恵美は片脚を上げたまま、じっとしている。

その股から、顔を抜いた京子が竜崎に歩みより、背後にまわってオーバーコートを肩からとって、棚にあったハンガーに掛けた。

竜崎はファスナーの中から肉棒を取り出していた。

黒い肉棒だった。

皮の部分に刺青《いれずみ》が入っている。模様が細かすぎて何であるのかまでは判断がつかない。

「千恵美、おめこは出来上がっているか？」

竜崎はまるで風呂にでも入るかのように、聞いている。

「はい、べちょべちょになっております」

「ほう……」

千恵美の真後ろに立つと、めんどくさそうに首を回し、服を脱ぎだした。傍《かたわ》らに京子が正座し、落ちてくる衣服を畳んでいる。

じきに真っ裸になった。

全身くまなく刺青が入っていた。竜崎なので昇り龍かと思いきや、艶《あで》やかな桜吹雪《ふぶき》であった。

「おいっ、後ろの刑事さんよ。俺の桜の代紋もまんざらじゃねぇだろう」

背中を向けたまま言っている。

「見事なものです。私どもの大先輩を思い出させてくれます」

岡田は世辞を使った。早苗の女筒に入ったままの男根をほんの少し上下させながら言った。早苗が両手を口に当てて、必死に声を押し殺している。岡田はよけい昂奮した。

「そうよ、これは遠山の金さんよ。俺は時代劇が好きでね……そういやぁ、時代劇に出てくる岡っ引きっていうのは、だいたい町の顔役だよな……」

言いながら竜崎は刺青入りの肉杭を、千恵美の股座《またぐら》に突っこんだ。

「あうっ」

「おうっ、いい粘り具合だ」

竜崎はすぐに抽送を開始した。ヤクザは何事にも性急だ。生存本能であろう。

「あふっ、若頭、硬くて、いい気持ちです」

「おぉ、だったら、もっと尻を振れ。俺はまずは、一回、出したいんだ。相談事はそのあとだ」

びしっ、びしっ、と早いテンポで腰を打ち始めた。

打つたびに竜崎の尻の頬が窄まる。腰部の鍛錬を怠《おこた》っていない証拠だ。

背中の桜吹雪が、さらにピンクに染まり始めた。

「あんっ、いいっ、うわっ、いくっ」

「タコッ、俺より先にいくんじゃねぇ。穴をもっと締めろ。早く出してぇ、もっともっと、ちんこを締めつけてくれなきゃ、飛ぶもんも飛ばねぇぜ」

竜崎がさらにピッチを上げる。

「はいっ、窄めています。私、一生懸命、おめこを窄めています」

千恵美の目は潤んでいた。

泣きながら、尻を振り返している。膝がガクガクと揺れている。

それでも竜崎はさらに吠えた。

「ゆるいっ、そんなんじゃ、汁が出ねぇ。おまえも、根性が足りなくなってきたな。そろそろAV女優にでも転身するか？」

千恵美の腰骨の辺りを押さえ込み、尋常ではない抽送を繰り出し、千恵美を追い込んでいる。

竜崎の睾丸が、ビュンビュン揺れているさまがいやらしく映った。

キメているということではあるまい。

常闘会でここまで出世した男だ。薬《ポン》に手を出しているわけはない。薬の怖さを一番よく知っているのが、ヤクザだ。

これは、久しぶりに自分の手元に戻ってきた千恵美を再調教しているのであろう。ヤクザの調教とは恐怖心を植え直すことにある。

そのために、ヤクザは金属バットやナイフを使うこともあれば、男根を使うこともある。

これはセックスという名の暴力だ。

これほど激しいピストンで責め立てられながら、一瞬の気も抜かずに、穴を絞り続けるのは、むしろ苦痛であろう。

しかも絶対に昇天してはならないという禁止事項が、女の心理をよけいに欲情へと向かわせている。

「いやぁあああああ。これ以上、窄めると、私、昇《い》っちゃいそうですっ」

「だから、昇ったら、ゆるむだろうがぁ。このタコッ」

竜崎が抽送をしながら、千恵美の尻を手のひらで張った。びしっ、ばしっと往復ビンタのように食らわす。本職とあって慣れた手つきだ。

「あぁあああ、子宮に響きます。そんな、そんな、いっちゃいます」

千恵美は泣き叫んだ。スチール製の棚に突いた手を、激しく叩いている。

「いやっ、いくっ、だめです。どうしても、一回、緩みます」

「おっ、なんだ、その口の利き方は？」

竜崎は千恵美の髪を摑んだ。顔が天井を向くまで、引っ張った。髪の毛を引っ張ったまま、さらに怒濤の抽送をする。

「うぅうぅ。許してください」

「俺が出す前に、おめこが緩んだら、おまえは破門だ。新しいリーダーに変える」

竜崎が冷ややかに言っている。千恵美はびくりと肩を震わせた。

「……いま放り出されたら、私、殺されますっ」

ヤクザや半グレを破門された人間の末路は悲惨だ。

後ろ盾がないとわかれば、これまでに恨みを買った人間たちから、一斉に的にかけられることになるのだ。

「放り出されたくなかったら、おめこの穴を締め付け続けることだ」

竜崎は摑んでいた髪の毛を離した。

「はいっ、はうぅううう」

「いいぞ、そうだ、俺の棹にもっと圧《あつ》をかけろ。んんんッ、決まってきた。いいぞ。もう少しで出るっ。締めろっ、締めろっ」

「あぁあああああああああああああぁ」

千恵美は声を振り絞り、虚空で両手を握りしめた。背筋も張った。尻たぼが、ぷるぷると震えている。

「あぅっ」

一声上げ、さらに気張ったようだった。

「くわっ」

竜崎の顔が喜悦に歪んだ。

「へっ、たいした根性だ……おぉおっ、ちんぽが潰れるっ」

「んんんんんっ、んっはっ」

千恵美の尻たぼがさらに窄まった。それだけ、膣層も狭まったということだ。

「うおぉおっ、出るっ、出るっ、あぅう、くそっ、この腐れおめこがっ」

「出してください……あっ、来ました」

竜崎の肩から力が抜ける様子がわかった。放心状態のようだ。立小便をしているように見える。

倉庫内は静まりかえっていた。

壮絶なセックスに目を奪われていた岡田も我に返った。

早苗に挿し込んでいた肉茎が、暴力的に膨張していた。早苗の肉壺も煮え滾《たぎ》っている。

「あぁあぁん」

後ろ手に縛られたまま、岡田は腰を突き上げた。がむしゃらに抜き差しする。

「うぅううう」

早苗が両手で口を押さえたまま、膣を締め返してくる。

連鎖反応だ。

紀香は目の前でへたり込んでいた。

股間が微かに匂う。アンモニア臭だ。たったいま、目にした壮絶なセックスシーンに失禁してしまったようだ。

一通り出し終えたらしい竜崎が、辺りを見渡して、吠えた。

「おらっ、見せ物《もん》じゃねぇんぞ。てめぇらは、こっち見てねぇで、そこの刑事を食うなり、めこ擦りに専念しろよっ」

その声に股間の手を止めていた女三人が、一斉に自擦りを再開した。

「いいか、後で覗いて、乾きおめこのやつがいたら、すぐに裏風俗に流すからな」

その声に女たちの指はさらに速度を増した。

「あんっ、わたし、もっともっと濡らしちゃう」

「んんんん。クリと穴を一緒に責めなきゃ」

「早苗ちゃん、早くその刑事の棹を貸してよっ」

三人の女たちの目が血走っていた。

やばいっ。岡田は脅威を感じた。

千恵美とヤクザの魂胆が見えてきた。

奴らは、岡田が音《ね》を上げるまで、精汁を絞り取りながら尋問するはずだ。

気力を取りもどした紀香が、岡田に近づいてきた。オナニーしていた女たちも徐々に近づいてきて、岡田は取り囲まれた。スキンヘッドの京子まで近づいてくる。岡田の膝の上でピストンをしている早苗の唇を吸った。

いずれは合計六人が岡田を攻めてくることになる。

岡田は身震いしながら、竜崎と千恵美のほうを見やった。

まだセックスを続ける気だ。

今度は千恵美が床に寝ころび、大開脚している。その上に竜崎が重なっていた。岡田の位置からは竜崎の背中と尻が見えた。正常位だ。

桜吹雪は背中から、尻、太腿まで吹雪《ふぶ》いていた。ある意味、裸に見えなかった。

竜崎の男根がズブズブと紅い粘膜に埋まっていくのがはっきり見えた。

「あぁっ」

千恵美が呻いた。顔の表情は見えないが、おそらく、くしゃくしゃになっていることだろう。

「こらぁ、後ろから、声が聞こえてこねぇぞ」

挿し込みながら竜崎が吠えている。岡田の周りにいた女たちが、一斉に喘ぎ声を上げた。

やかましかった。

早苗はフィニッシュ態勢に入るべく尻の上げ下げを早め、獣のような声を上げ始めている。紀香に乳首を甘嚙みされている。

岡田は踏ん張った。

射精感に包まれているが、歯を食いしばった。出したくて出したくてしょうがないのだが、出せばすぐに、次の女に襲われることになる。

竜崎の魂胆がようやく見えた。ヤクザにしては、捕らえて刑事に女を与えるなど、ぬるいやり方だと思ったが、これは拷問なのだ。

精液をすべて吐き出させて過労死させるつもりだ。

まいった。

歯を食いしばりながら、竜崎と千恵美の様子を窺った。

竜崎は先ほどとは打って変わって、ゆっくり腰を使っていた。愛《め》でるような動かし方だ。乳首を舐めつつ、彼女の耳元に口を移動させ、何か囁いている
甘えた声を出しながら、千恵美も竜崎の耳元に唇を這わせた。答えているのだ。

これがふたりの相談事のやり方なのか。

周りの女たちの嬌声と、早苗と紀香の性技で、岡田の集中力を削ぎながら、自分たちは繋がり合いながら、会話をしているのだ。

何を言っているのかはまったくわからない。

それよりも、亀頭の先から白い濃厚な汁を噴きこぼしそうで、堪《たま》らない。

一回、出すか……。

腹を括った瞬間に、倉庫の前で爆発音がした。

弾みで、射精するところだった。

5

女たちの悲鳴が上がった。

倉庫のシャッターが吹っ飛ばされていた。破壊されたステンレスの向こう側に装甲車が一台、見えた。灰色の警備装甲車。品川ナンバーだった。

国会議事堂の前に現れる大規模デモなどを遮断する際に使う金網付きの警備車両だ。いまは月明かりに照らされた戦艦のように見えた。

挿入中の早苗は肉壺を窄めたままだ。そのうえ縛られている岡田は動けずにいた。

竜崎の反応は早かった。千恵美の蜜壺から肉を引き抜くと、床を回転しながら、倉庫の奥へと進んだ。棚にあったマスクをつけている。

岡田は不思議に思った。いかに全身刺青とはいえ、真っ裸だ。普通はマスクをつけるよりも、何かを身に纏《まと》うのではないか。

真裏にも扉があった。

千恵美もマッパのまま、マスクをつけた。三個ほど重ねてつけている。そのまま竜崎を追っていく。

真裏の扉を開けながら、千恵美が叫んだ。

「カラーボールで応戦してっ」

京子がスチール棚から、カラーボールを取り、装甲車に向かって投げつけた。オナニーをしていた女たちも、つぎつぎにボールを投げる。

早苗と紀香も岡田の身体から離れ、ボールを投げ始めた。まるで雪合戦の勢いだ。このカラーボールはやばい。本能でそう感じた。

岡田は外に向かって叫んだ。

「伏せろっ」

自分は息を止めた。両手が使えないので、鼻は押さえられない。

シャッターの向こう側で、ボールが炸裂した。様々な色が警備用装甲車のフロントグリルや、床に飛び散った。

「うわぁ～」

火花が散っているわけでもないのに、外から悲鳴が上がった。

猛烈な悪臭が放たれている。

このカラーボールの中身は蛍光塗料ではなく、特殊腐敗臭だ。岡田のほうにまで匂ってきた。鼻がもげそうなほどに臭い。チーズが腐ったような匂いと、ゴミと嘔吐物が混ざり合ったような臭いだ。

「うえっ」

「うそ、訓練のときに投げたボールと違うっ。臭くて窒息するっ」

ボールを投げた女たちも床の上に倒れ込んだ。

目は閉じられる。だが、両手を縛られていては、口と鼻は押さえることが出来ない。感覚を麻痺させるほどの悪臭が、容赦なく襲ってきた。

外からも声が聞こえる。

「なんだこりゃっ」

「くせぇ」

あの声はおそらく警視庁警備九課の連中だ。守るのは得意だが、踏み込むのには不慣れな連中たちだった。

こんなときぐらい、機動隊か捜査課に協力してもらってほしい。

岡田はまたもや胸底で上司の明田真子を呪った。

警備課のメンツにこだわり、専門部署に依頼をしないから、こういう結末になるのだ。

悪臭は三分ほど続いた。

倉庫の裏から、車が発進する音が聞こえた。ヤクザは用心深い。常に逃げをうつ準備をしている人種だ。表に待機させていた若衆たちは、囮《おとり》用の下《した》っ端《ぱ》だったのだろう。

岡田は明田真子が現れるを、噎《む》せながら待った。

「ごめんね、遅れちゃって。捜査対象者《マルタイ》ふたりが耳打ちし合っていたところを録画してから、踏み込むことにしたのよ。後で読唇するわ」

明田真子が近づいてきた。

ズボンを半分脱がされ、肉の尖りを露出したままの岡田は、口を歪めた。

「とにかくロープを解いてくれませんか」

「はいはい」

明田真子が鉄骨柱の背後に回って解いてくれた。

警備刑事たちと共に、東山美菜もやって来た。緑の毛糸の帽子を被っていた。

鼻を押さえて床にうつ伏している米川京子に手錠を打った。

「三日ぶりですね。おかげさまで、この帽子、気に入っています。でも米川さん、そのつるつる頭だと、外は冷たいですから、これ、差し上げますよ」

美菜が緑の毛糸の帽子を京子に被せている。

「あんた、やっぱり組対《マルボウ》が本業だったのね……」

京子はまだ勘違いしているようだ。それならそれでいいだろう。

「残りの女の子たちは、麻薬取締法違反で、京都府警に引き渡すわ」

明田が電話をしながら言っている。

岡田は立ち上がって、トランクスとズボンを引き上げた。

第五章　バラードのように眠れ

1

大晦日。

日本一のブラック企業である警視庁には、盆も暮れもない。大晦日といえども、抱えている事案が動いていれば、刑事は仕事となる。

美菜は新しいお泊りセットを持って、警視庁警備九課一係へ出庁した。

「ごめんね。年末で人事課が稼働していないから、出向を解く暇がなくて。美菜ちゃん、涼子ちゃんの席を使っててよ」

課長の明田真子にそう言われた。

仙台から帰還したものの、まだ警察庁へ出向になっている立場上、現在の美菜には警備九課には席がないのだ。

涼子ちゃんとは、警備九課一係主任の秋川涼子である。ＬＳＰのエースで、美菜が最も尊敬する警備刑事だ。

東京都知事中渕裕子《なかぶちゆうこ》の専属担当で、最近は桜田門に顔を出すことはほとんどない。本日も知事の私邸に詰めているはずだった。

美菜はその秋川涼子の席に座った。

昨夜遅くに京都から戻ってきたばかりで、まだ眠い。この十日ほど、目まぐるしすぎた。

クリスマスには仙台にいた。

少なくとも三月までは北青葉署で風紀の乱れ具合を内偵し続けるはずだったのだが、いきなり拉致されたことから、別な事案が転がり始めたのだ。

おかげで、御用納めの十二月二十八日には、真夜中に課長の明田と共に京都に飛ぶことになったのだ。

東名高速道路を装甲車に乗ってかっ飛んでいったのだが、それ自体がまるでバイオレンス映画だった。

その先での岡田救出劇は、バイオレンスにさらにシュールさが加わったような光景だった。

麻薬取締法違反で、米川京子を含む、真っ裸の女六人を逮捕し、京都府警に引き渡したが、結局松川千恵美と竜崎和樹は取り逃がしてしまった。

敵が投げてきたのが腐敗臭ボールとは、正直、想定外だった。臭すぎた。

こちらとしては、もっと正々堂々とした武器で反撃してくると思うではないか。

ヤクザはどんな汚い手も使うというが、汚すぎた……というか臭すぎた。

拳銃を突きつけられて、死を意識したときに、いきなりその銃口からウンコが飛び出してきたら、誰だって驚くだろう。

あれはそれに近い状況だった。

鼻と口を押さえてコンクリートの上をのたうちまわる我々の無様《ぶざま》さは、まさに敵の思う壺であっただろう。

その隙に千恵美と竜崎にはまんまと逃げられたのだ。

幸いなことに、課長の明田は装甲車で突っ込む前に、倉庫の扉を気づかれないように薄く開けて、千恵美と竜崎が耳元で囁き合う様子をＨＤＤカメラで撮影していた。

倉庫の前で見張りをしていた竜崎の手下たちは警備課のＳＰたちが、音も立てずに逮捕していた。

美菜が車からおびき出し、背後から近づいた柔道の名手が口を押さえたまま首を絞めて落とした。

大臣の演説中に忍び寄ってきた暴漢を、周囲に気づかれずに、押さえ込んでしまうSPならではの逮捕法である。

「明田課長、ふたりの会話は解明できたのでしょうか？」

昨夜のうちに鑑識に回したはずである。

「うん、わかったわよ。三日の夜に熱海で決行……確かにそう言っているわ」

「それ、どういう意味ですか？」

「いま調べてもらっているところよ」

そのとき、明田のスマホが鳴った。私用のスマホだった。

「あらグッドタイミングだわ。熱海で何が起こるかわかったみたい……」

明田が耳に当てた。

「あら、津川《つがわ》警部補、わかりましたか。あぁ、熱海の『絶景屋《ぜつけいや》』ですね。感謝です……えっ、そんなことまでしていただけるなんて、恐縮です。はい、ではお待ちしております」

てっきり岡田からの電話かと思いきや、相手は捜査八課の刑事、津川雪彦《ゆきひこ》らしい。

取調室で乱交パーティを開いているという噂の定年間際のエロ刑事だ。

通称絶倫刑事……と呼ばれている。

明田はなぜか、この男とも仲がいい。津川はもともと公安課のエースだった男だが、能力がありすぎるのを疎《うと》まれて、遊軍専門の八課に飛ばされたという。

本当かどうかは疑わしい。

電話を切った明田がぱんっと手を打った。

「遊軍部隊って、使ってみるものね。常闘会の竜崎の狙いがわかったわ」

「八課《パーか》の津川さんが調べてくれたんですか?」

美菜は信じられない気持ちだ。庁内の廊下で女性職員とすれ違うたびに「一発やろうぜ」と言い寄ってくる、あのおっさんにそれほどの調査能力があるとは、とても思えないのだ
「八課には各課の元エースが集まっているのよ。性格や素行には問題あるけれど、捜査能力は高い人達よ。津川さんが、元組対課のお友達を通じて、調べてくれたわ。竜崎は三日の夜に熱海の旅館で加瀬会長を射殺するつもりだわ」

「えっ、つるんでいたんじゃないんですか?」

美菜が仙台で偶然摑んだ情報は警察、加瀬警備保障、常闘会の癒着だった。

「今年の夏ごろまではズブズブだったわ。でも、加瀬警備保障の事情が変わったのよ」

明田が給湯室に向かい、ポットと急須《きゅうす》、それに湯飲みを持ってきた。日頃は紅茶のアールグレイばかりを好んで飲む明田にしては珍しい。

「何があったんですか？」

「東京オリンピックの指定警備会社を決めるにあたって、都庁が審査を開始したのよ……もちろん中渕知事の指示でね……だって困るでしょう。警備員にヤクザが混じっていたり、警備情報が、テロリストに漏れたりしたら」

「それは、そうです」

「そこで、加瀬会長が、当面常闘会とは縁を切るように指示したわけよ」

明田が窓際のソファセットに腰を下ろし、ポットや急須を置いた。すぐに淹れるつもりはないようだ。手招きされて、美菜もソファに対座した。茶は自分が淹れるべきと判断し、ポットに手を伸ばすと、待てと止められた。美菜は手を引いた。明田が話をつづけた。

「常闘会もバカじゃないからわかるんじゃないですか。せいぜい一年ぐらいの辛抱でしょう。都も二〇一九年の夏には、警備シフトをほぼ決定する予定なのですから、その頃には、加瀬警備保障の参加は決定するでしょう」

美菜が答えた。警備の民間委託部分に大手の加瀬警備保障はなくてはならない存在だ。参加は間違いない。

「その通りよ。だから常闘会は本部決定として、各組に加瀬警備保障が正式に民間警備担当業者として指定されるまでの期間、一切の接触を避けるようにとの指示を出したのよ。とくに警察OBからは情報をとるな、とね」

「賢い選択ですね」

ヤクザだって、一時的には控えるだろう。

「まとまっていた頃の常闘会ならね」

「えっ、いまは内部抗争が起こっているんですか？」

「年明け三日を境に、竜崎が内部抗争を勃発させる気だわ……竜崎は加瀬会長と一緒に、常闘会本家の首領、観月喜朗《みづきよしろう》も一緒にやっちゃうつもりよ」

「なんですって」

日本有数の極道団体が内部分裂を始めたら、この国の治安は持たなくなる。

「警察や政治家と談合を重ねて、常闘会をまるで役所のようなシステムにしてしまった観月に対して、不満を持つ幹部がどんどん増えているらしいわ」

ある意味、観月のその政策が、警察と極道の間で、一定の取引きを可能にしたのだ。例えば外国マフィアの横行に歯止めをかける仕事を国内ヤクザが担ってくれたり、暴力団指定を受けていない半グレ集団を、裏で徐々に系列化してくれたりしているのも、本職の連中だ。

本音を言えば警察は、結構助かっている。

「竜崎は不満派の急先鋒よ。それに御法度《ごはっと》の覚せい剤を扱っているから、警察情報を常に必要としているわけ。加瀬警備保障に天下った警察OBから捜査情報を聞き出していたからこそ、女豹連合をはじめとする半グレ集団を使って、シャブをばらまけていたのよ。だから、一時的とはいえ、加瀬警備保障との間に、遮断機を下ろすことは、竜崎のシノギも凍結されるということなわけよ」

そこまで聞いて、美菜はふと思った。

明田はこの話をいつから把握していたのだ？

「あの、課長、ひとつだけ聞いていいですか……」

「どうぞ」

「私が仙台に出向させられたのは、本当に風紀問題の内偵だったんでしょうか」

美菜は片眉を吊り上げながら聞いた。

十日ほど前に出向を言い渡されたときから、どこか腑に落ちない部分はあった。そして展開があまりにも早すぎる。

明田が目を泳がせた。

「おっ、とうとう気が付きましたね……エロ探しに、ふつう警備課から人を送り込まないからねぇ……どうしても、囮がひとり、必要だったのよ」

やっぱり……。

「ひどいじゃないですかっ」

美菜は立ち上がった。

知っていればもっと用心していただろう。ヤクザが絡んでいるなど、思いもしなかった。

真剣に署内不倫や職場セックスを追い駆けていたばかりに、危なくヤクザにシャブ漬けにされるところだったではないか。幸い一度注射されただけなので、中毒にはならなかったが、あのままスタジオに連れ込まれていたらと思うと、身の毛もよだつ。

拳を振り上げていた。

テーブルの上の湯呑みにお茶が淹れられなかったのは、もし入っていたら百パーセント、美菜がそれを明田真子の顔に振りかけていたからだ。

「ごめんっ」

明田は逃げるように腰を浮かせた。

「ごめんで済めば警察は要りません」

明田の行く手を遮ろうと、美菜も立ち上がった。

そのとき、警備九課一係の席に男が入って来た。

「おぉ、やっぱ、揉めてるねぇ。アケマンも部下の使い方が阿漕《あこぎ》だからなぁ」

捜査八課の津川雪彦だった。

キャリアの明田真子を略してアケマンと呼ぶのは、定年間際とはいえたいした度胸だ。さすがはノンキャリといえど、日本を代表する貴金属店の一族のひとり。金に困っていない男は、発言も自由だ。

津川はバリッとしたスーツを着て、部下らしき若者をひとり従えていた。その若者は手に風呂敷包みをぶら提げている。美菜は振り上げた拳を振り下ろすチャンスを失った。

「あらま、津川警部補、素敵な差し入れ……」

腰を浮かせていた明田が、いそいそと津川のほうへと歩み寄る。

「おう。大晦日から正月三が日まで勤務とは気の毒なこった。おせちとまではいかなかったが、銀座八丁目の寿司屋で、握らせてきた。おいっ、倉橋、そこのテーブルにおいてやれ」

津川は連れてきた若者に命じた。

倉橋と呼ばれた男が、風呂敷包をローテーブルの上に置いた。結びを解きながら自己紹介した。

「初めまして。自分は二週間前に捜査八課に異動になりました倉橋健太と言います。桜田門勤務は初めてなので、よろしくお願いします」

「あらまぁ、倉橋君、あなたその若さで八課って、なんか不祥事でも起こしたの？」

明田が急須に湯を注ぎながら聞いていた。

「いや……ちょっと」

倉橋は頭を掻いていた。どういうわけか剃ったばかりに見える坊主頭だ。これはワケアリだ。

津川が引き継いだ。

「アケマン、その拳骨を振り上げたおねぇちゃんが撮った松川千恵美の写真を、倉橋に見せてやってくれないか……いや、ちょっとこっちの捜査で……」

「いいですよ。熱海の情報をもらったので、こちらも協力しますよ。美菜ちゃん、スマホに入っている、顔写真を見せてあげて」

明田に命じられた。美菜は振り上げた手を下ろすしかなかった。

北青葉署にいたときに一緒に撮った写メを見せた。

倉橋は、あっと息を飲み、その息を吐き出してから、口を開いた。

「この女です。あの夜、新駒公園にいた女です……」

ガタガタと肩を震わせている。その肩を津川が叩いた。

「じゃあ、一緒にいた男は竜崎の手下だ。おそらく都内の半グレ集団にいる奴だろう……」

と、津川はそこで言葉を区切り「コハダ、ひとつ食っていいか？」と聞いてきた。

「ご自分で持ってきたのですから、どうぞ」

明田が勧めると、津川はにっこり笑った。コハダを口に放り込む。

「せいぜい熱海では、奮闘してくれ。加瀬会長を狙ったカップルの男のほうは、俺らが挙げる。なぁに今夜か明日あたり、六本木辺りのクラブに現れるさ。とっ捕まえて、新たな情報を得たら、連絡するよ」

「それは、楽しみです。よろしくお願いします」

2

一月二日。午後三時。熱海の旅館「絶景屋」。

「なんの因果で、私たち警察が、警備会社の会長と極道の大親分を護らないといけないんでしょうねぇ」

従業員専用の部屋で、美菜は帯を締め直しながら、ぼやいた。

「どっちも重要人物には違いないんだから、しょうがないだろう」

岡田潤平は、まだ布団の上でストレッチをしている。女の目の前で真っ裸でストレッチをされても困る。

もう一発やろうと言われているようで、やや困惑する。

それとも岡田ほど修羅場をくぐった男でも、さすがに緊張しているのだろうか。

美菜は緊張していた。

これまで警備の現場でも、何度か不意の襲撃は経験していたが、拳銃を持ったヤクザが乗り込んでくるのを迎え撃つ、というのは初めてだ。

しかも今回の任務は、警備対象者のそばに立ち、目を光らせているわけでもない。

岡田とふたりで、攻めてくるヤクザを未然に発見し、阻止しなければならないのだ。

殺人犯を追う捜査一課の刑事も大変だろうが、迎え撃つという警備課はその倍神経を使う仕事なのだ。

そして本事案においては、拳銃の携帯も認められていない。

死と隣り合わせの任務と言っていい。

元日の朝から、この絶景屋にやって来ている。絶景屋は海岸沿いに建つ、八階建ての大型旅館だ。古代ローマ風の大浴場が売り物で、元日から大勢の家族連れが宿泊していた。

これらの人々を巻き添えにすることは、断じて出来ない。

絶景屋は警視庁に全面的に協力してくれることになった。

観月喜朗は当然ながら別人名義で予約をしていた。

本来ならば、指定暴力団の人間はこれだけで、チェックインと同時に逮捕することが出来るのだが、そんなことはしない。

観月には標的になってもらわねば困るのだ。

しかし全力で護る。

ややこしい話だが、警察としては、観月には生きていてもらいたいのだ。

日本の闇社会の秩序を保つためには、むしろ必要な男だからだ。

美菜と岡田は絶景屋の従業員ということで潜入させてもらっている。

お互い、松川千恵美、竜崎和樹には顔がバレているので、入念なメイクを施していた。

美菜は髪をショートカットにして、眼鏡をかけた仲居《なかい》になった。紺絣《こんがすり》に紅色の帯を締めると、だいぶ印象が違って見える。

岡田は髪の毛をグレー染めにして、少し抜いた。少し老けて見える。さらに昭和の中年男がかけていたような、セルロイドとステンレスが半々の縁の眼鏡を着用している。別人に見えた。役柄は番頭補佐だ。昨日から法被《はっぴ》を着て館内をうろうろしている。

お互い別人のような格好になっているので、久しぶりにやったエッチは燃えた。

岡田とは、ほぼ一年ぶりのエッチだ。

去年の夏に警視庁の地下駐車場でミニパト内エッチをして以来だ。そう言えばあのときも美菜は婦警の制服を着て岡田とハメた。

コスプレっていい。

岡田の公用スマホが鳴った。着メロを変えている。前は『西部警察のテーマ』だったのに、いまは『銭形平次』になっている。なんか違う。

「はいっ、岡田です」

スマホを耳に当てながら、岡田が親指を立てた。明田真子からの電話であるということだ。しばらく話を聞いていた。

「……わかりました。では、われわれも確実に竜崎たちを仕留めます」

岡田が電話を切った。勃起していた。

「そんなに昂奮する内容だったのですか？」

美菜は岡田の肉の尖りを見ながら尋ねた。

「世田谷で加瀬計造を襲撃したカップルの男のほうを津川さんたちが見つけだしたそうだ。北青葉署の捜査一係の桜井慎吾という刑事だったそうだ」

「えぇぇえっ」

美菜は失神しそうなほど驚いた。

「同じ署の捜査三係の永倉奈々子という女刑事も窃盗捜査の情報を常闘会に流していたようだぞ……ふたりを津川さんがいま仙台から警視庁に連行している」

「うわぁ～」

それは北青葉署のトレーニングジムで３Ｐしたふたりではないか。美菜は気絶しそうになった。

桜井はそもそも立番をしていたのだ。いま思うと、あれは美菜がやって来るのをいち早く待ち受けていたのだろう。

岡田が続けた。

「警察庁長官通達で、本件はまだ完全オフレコになっている。宮城県警の内部にさえ漏れないように、極秘連行だそうだ」

「凄いですけど、松川千恵美は気づきませんか？」

「八課の津川さんはなかなか賢いよ。あえて、桜井に松川千恵美と連絡を取らせ、平常であるように見せかけたそうだ。竜崎と千恵美が間違いなく明日ここに来るそうだ。親子旅行のふりをしてくるらしい。苗字は松崎《まつざき》だそうだ」

松川と竜崎を合わせて、松崎って、安易すぎないか。まぁいいや。

「すぐに帳場に聞いて予約者の名前を確認します」

美菜は、すぐにスマホを取った。

「その前に、ちょっと舐めてくれないか……もう一回、出さないと、緊張が解けそうにない」

岡田が勃起を指さした。この男にして、やはり緊張しているのだ。望むところだ。

「私も同じです。舐めるよりも、もう一回、やりませんか」

今回のような極度の緊張を強《し》いられる場面で、それを緩和する措置には、たぶんセックスが一番いいと思う。だが、一言付け加えた。

「また帯を解くのが面倒なので、裾捲って、立ちバックで、後ろから、お願いできますか」

「それがいい」

岡田が跳ね起きた。美菜は壁に手を突いて、ツンと尻を差し出した。するすると着物の裾が捲り上がるのを感じた。

「なんだよ、パンツ穿いているのか……」

後ろ裾を帯の上まで引き上げた岡田が言う。美菜の膝が笑った。

「あのですね、晴れ着で彼氏とデートしているわけじゃないんです。仕事をする仲居さんは普通にパンツを穿いています」

「そうかなぁ。俺は着物の嗜《たしな》みとして、きっと仲居さんも穿いていないと思う」

そこ、いま、議論するポイントだろうか？

「どうでもいいか」

「たぶん、どうでもいいです」

岡田が股布を脇に寄せて、ぐっ、と押し入ってきた。

「うわっ……先輩、普通パンツを引き下ろしませんか。あわわわわっ」

言っている傍から、岡田の亀頭が膣層にめり込んできた。十分前に、さんざん擦り合っていたので、肉はすっかり馴染んでいた。

ただし、正常位から立ちバックに変わったので、新鮮味はあった。

「あぁあ、気持ちいいっ」

秘孔にめり込んだペニスの感触に、美菜は一気に追い立てられた。美菜は唇を不規則に開け閉めし、みずからも、岡田の陰茎の根元へと、淫肉を押し返した。

「あんっ、くわっ」

ヤクザが襲撃してくるという日を明日に控え、緊張を通り越して、身体中が火照り上がっているようだった。

頭の中に、振り払っても、振り払っても、どうしても死という一文字が浮かぶ。

ひょっとしたら、これが人生最後のセックスになるかも知れないと思うと、男の棹が溶けて消えてしまうまで摩擦したくなる。

「あんっ、もっと、めちゃくちゃ突いてっ。おまんこの底が抜けるほど突いてっ」

美菜は壁に手を突いたまま、狂喜の声を上げ続けた。

岡田も同じ気持ちのようだった。

去年ミニパトで初エッチしたときよりも、はるかに荒々しい。腰の突き上げ方は、先ほどの正常位よりも速度を増していた。

「あっ、だめでしょう。胸は開かないで、着物がぐずぐずになっちゃう」

いやいやと、肩を震わせたが、岡田は遮二無二《しゃにむに》両手を伸ばしてきた。

ブラジャーはつけていなかった。

紺絣と肌襦袢の胸襟が開かれて、バストがこぼれ落ちる。着物に押さえ込まれてひしゃげていた双乳が大きく弾み、先端で乳首がいやらしい形に膨らんでいた。

乳房をいきなり鷲掴まれ、引き出された。

合意でやっているのだが、犯されている気分になった。

たぶんお互いキレていた。

「あぁああ、いいっ。おっぱいも、ぐしゃぐしゃに揉んでっ」

すすり泣くような声を上げて、全身を淫らにくねらせた。

「あんっ、いいっ、ずっとこうしていたい」

口からつい本音が漏れる。このままセックスが終わらなければいいと思わずにはいられなかった。

「……俺もだ……出したくない」

それでも岡田はピストンのピッチを上げてきた。どすっ、どすっ、と打ち込んでくる。秘孔の奥まった部分が、とんでもなく気持ちいい。

クリトリスよりもGスポットよりも、いまは膣の奥底が一番気持ちいい。これは初体験だ。

「あっ、くぅううっ」

膣が自動的に引き絞られた。

「おぉおっ」

背中で岡田が呻く。亀頭の先っぽから、熱い迸《ほとばし》りが飛んできた。子宮をじゅっ、と打つ。その瞬間、美菜の意識も遠のいた。軽い脳震盪《のうしんとう》状態。

「あぁああああああ」

自分の身体が、どこか遠い宇宙に飛んでいくような、気がした。

「きついっ。美菜、穴が凄く、きついっ」

岡田が感極まったような声を上げ、どくどくと精汁を流し込んできた。

「先輩っ、もうだめっ、いっくぅうう」

踏ん張っていた手足の感覚も失われた。

「いくぅうう」

止めどなくやってくる絶頂感に飲み込まれ、ついには立ちバックの姿勢を保っているのも困難になり、とうとう畳の上に崩れ落ちた。

3

一月三日午後二時。

最初にやって来たのは、加瀬警備保障の会長加瀬計造であった。部下と思われるガードマンを四人引き連れていた。

加瀬は七階のスイートルームへと入った。

コネクションルームにガードマンが詰める。明日の朝には夫人と娘夫婦がやって来るのだそうだ。

おそらく今夜は常闘会の首領観月喜朗と肝胆相照《かんたんあいて》らす話し合いを持つつもりなのだろう。

ふたりは同じ歳だ。

警備会社の経営者と極道という異なった道を歩みつつも、意気投合する部分があるのだろう。

もう一方の客である観月喜朗は、一時間遅れの午後三時に入館した。

チェックインカウンターの真後ろにある事務室に待機していた美菜と岡田は、モニター画面で、観月の入館を確認した。

観月は四人組のひとりとしてやって来ていた。ゴルフ帰りといった雰囲気を装っている。

予約をしたのはそのうちのひとりだ。おそらくフロント企業の人間だろう。四人は見事なほどに、極道のオーラを消している。

観月は茶色のカーディガンを着て、ハンチング帽を被っていた。孫の顔を見ながら縁側で詰将棋でもしている老人に見える。

四人は同じ五階のフロアにそれぞれレギュラーツインをとっていたが、キーは代表したひとりが受け取った。五〇一から五〇四を渡したはずである。

なるほど、宿泊票には、代表者がそれぞれの名前を記したが、どの部屋に誰が入るかはわからない仕組みだ。

ヤクザは用心深い、おそらく時間ごとに部屋を変えるはずだ。

岡田は五階と七階の防犯カメラのモニター映像がそのまま自分たちのスマホに転送されるように操作した。

専用のスマホを二台持参してきている。

どこにいても、彼らが出入りする瞬間を監視できるようにするためだ。

彼らと並びの部屋になる五〇五を空き室にしてもらった。美菜と岡田が待機するためである。

後は竜崎和樹と松川千恵美の登場を待つばかりだ。

逮捕への手順はすでに岡田と確認し合っていた。

問題はその場所がどこになるかだ。

竜崎と松川の逮捕状は請求していない。直接の容疑は岡田に対する拉致監禁しかないのだ。それで札《ふだ》（逮捕状）を取っては軽すぎる。

麻薬関係は所持、吸引共に現行犯でなければ挙げられない。もっともそれでも軽すぎる。ヤクザにとっては、勲章がひとつ増えるぐらいのことだ。

狙いは殺人未遂だ。

ふたりが、加瀬計造と観月喜朗を射殺しようとする現場を押さえねばならない。

そうなれば、竜崎は常闘会においても謀反人ということになる。失敗した場合は、むしろ罪を認めて刑務所に逃げ込みたくなるはずだ。

下剋上《げこくじょう》は成功しなければ、最悪な結末となるのがヤクザ社会だ。

次は守旧派の幹部たちから、的にかけられ続けることになる。千恵美とて同じだ。竜崎という後ろ盾が失脚したら、すぐに苦界《くがい》へと落とされることになる。

おそらくは、世田谷での加瀬の殺人未遂と、それを教唆《きょうさ》したのが竜崎であることもすぐに謳《うた》うことだろう。

そのためには、竜崎と千恵美にどうしてもふたりの老人を襲わせねばならなかった。

「本来は、ふたりきりでやれる事案ではないですよね」

美菜はつぶやいた。罪状をアップするために、事前逮捕をせずに、さらに危険な状態まで進めて逮捕しようというのだ。もっと大勢の刑事の投入があってもいい。普通ならホテル内に五十人は配置して行う捕り物だ。

「しゃーねぇよ。警察内部に、常闘会と繋がっている連中が多すぎるんだから」

岡田もぼやいた。

「組対とか一課の連中を動員したら、確実に竜崎に漏れる。そしたら、おそらく奴はここに現れないだろう。明田課長が八課の津川さんを頼ったのもそのためさ。八課は各課から飛ばされた連中の吹き溜まりだけど、ある意味本物の刑事が揃っている」

岡田がそう言って目を細めて続けた。

「常闘会と加瀬警備保障のトップ二人は、今回だけは、警察幹部にも自分たちが会うことを内密にしている。情報漏れ防止のためにな。それを津川さんが嗅ぎつけたのは、熱海のヤクザに精通していたからさ。その上で、さらに竜崎にだけ情報を流している。たいしたもんだよ。明田さんと津川さんのマッチメイクだ」

「定年間際の絶倫刑事とキャリアの小熟女ふたりに負けていられないわね。私たちもふたりで、何とかしましょう」

美菜は言いながら、いくつもあるモニター映像のひとつに目を止めた。チェックインカウンターを映すモニターだ。

「来たわっ」

「おぉっ」

岡田も唸った。

そこに竜崎と千恵美が映っていた。

サングラスと帽子で顔を隠しているが、あのふたりに間違いなかった。

宿泊票を受け取った担当者がすぐに事務室に戻ってきた。

「松崎さんと名乗っています。予定通り、五〇六のキーを渡してあります」

あえて観月喜朗たちの部屋の並びに入室させた。襲撃しやすいように誘導しているようなものだ。

間の五〇五には自分たちが入る。

「よしっ。五〇五でモニターを見ながら待機しよう」

岡田が立ちあがった。美菜は続いた。

五〇五に入った。

窓際のローテーブルに五階と七階の廊下が映るスマホを並べて置いた。どちらの廊下にも人気はなかった。

岡田が珍しく煙草《たばこ》を取り出した。この男が煙草を吸っているとは知らなかった。ちなみにこの部屋は喫煙可だ。

「十年ぶりだ。人生最後になるかもしれない一服だ」

岡田は一本引き抜き、火をつけた。

煙草の銘柄はラッキーストライクだった。

「ゲンを担いでいますね」

「こんな任務、運次第だ」

紫煙を吐きながら言っている。

「ですよね……」

「東山も、一服するか？」

岡田が煙草の箱をかざした。

「いいえ、そういう意味で一服してよいなら、ちょっとトイレに行ってきます」

岡田がじっと美菜の瞳を覗き込んできた。

「あれか？」

と聞かれた。見破られている。

「それです……」

美菜は顔を赤くして頷いた。

「いつ、飛び出すことになるかわからないから、ベッドの上で、やるというのはどうだ。俺は見ないようにする」

「いえ、先輩、絶対覗くでしょ。そしたら違うプレイになってしまいます。ひとりで楽しみたいです」

人生最後になるのかもしれないなら、ぐいぐい擦りたい。

「でもな、声をかけても夢中になっていたら聞こえないだろう」

岡田が冷静な顔で言っている。確かにその可能性はある。

「絶対見ないですね。私、声出しますよ」

「絶対見ない。誰かが動かない限り、そっちを向かない」

「わかりました。それでは、一服入れさせてもらいます」

美菜はツインベッドの入り口側のほうのベッドに横向きに寝た。極力岡田から離れ、背中を見せて、横たわった。

目を瞑る。いそいそと帯の下をかき分け、股間にタッチした。やはりパンティは邪魔だった。もぞもぞと動き、足首から引き抜いた。

いつものように軽く陰毛に触るところから始めた。男に毛の匂いを嗅がれているときのことを妄想する。

「あぁ……」

思わず呻いたところで、すぐに振り返った。

岡田は二台のスマホに視線を落としていた。新しい煙草を咥えている。岡田の顔の周りには紫煙が漂っていた。

よしっ、という気になった。

一気に女の泥濘に指を挟み込んだ。

「あぁああんっ」

セックスとオナニーは別物だ。一度覚えたひとりエッチはやめられない。美菜は肉芽を嬲《なぶ》り、穴の中を抉った。

ねちゃくちゃと、卑猥な音を立てた。

「いやっ、いいっ、もっと、擦って……」

壁に向かって上気した声を上げた。一回目の極点が近づき始めていた。

くぃーんと背筋が伸びる。

「あっ、あっ、イキそう」

瞼の中に、これまでの人生のセックス名場面集が浮かんだ。エロビデオの総集編のような状態だ。

「あんっ」

花びらがうねり、指が最速になった。

あと少しで、極められそうになったとき、背中から声がかかった。

「七階の加瀬と五階の観月が一斉に動いたぞっ。東山っ、俺たちも出るぞ」

「えぇえええええっ。私、まだ昇《い》ってないっ」

「それは、おまえの事情だろ」

岡田は素早く煙草をもみ消し、扉に向かっていた。

4

観月たちを追って岡田と共にエレベーターに乗り込むなり、美菜は息を飲んだ。

エレベーターの中にはすでに加瀬計造が乗り合わせていたのだ。どちらも伴をふたり連れている。

全員、浴衣姿で手ぬぐいをぶら提げていた。

下降するエレベーターの行先階は、地下一階を示している。大浴場がある階だ。

「計造さん、少しお痩せになりましたか」

観月が声をかけた。

「ええ、このところ心労が重なっていましてね。少し体重は落ちました。喜朗さんは、相変わらず、恰幅《かっぷく》がいいですね」

お互い苗字は呼び合わない。

「まぁ、計造さん、ゆっくり風呂に浸かって。今年の抱負でも語り合いましょうよ」

観月が胸を叩くポーズをした。任せてくれという意味のようだ。

一階で扉が開いた。

扉サイドに立っていた美菜と岡田は身体を離した。

のっそり、巨漢の男が入ってきた。

えっ、この男っ。

美菜は咄嗟に黒縁眼鏡の脇を押し、フレームについたカメラレンズのシャッターを切る。すぐに顔を背けた。

こいつは仙台で美菜を攫《さら》ったヤクザだった。まさかここで登場するとは思わなかった。

観月と加瀬についていたガード役の男たちが、壁になるように一歩飛び出したようだった。

巨漢の男はエレベーターの扉に背をつけたまま、観月と加瀬を上から身をおろしていた。

すぐに地下一階に到着した。

仲居と番頭に化けているため、美菜と岡田は、扉の左右に飛び出し、深々と礼をして、客が大浴場に進むのを見送った。

巨漢の男は美菜には気づかず、先頭を切って大浴場に向かっている。その方が怪しまれずに済むからだ。

「岡田さん、いまの男、観月と加瀬への刺客です。私を仙台で拉致したのもあの男です」

「わかった。おそらく竜崎の系列で、上部団体にはあまり顔の知れていない奴だろう。眼鏡カメラで撮ったか」

「はいっ」

「すぐに明田さんに転送しろ。顔認証で、素性がわかるかもしれない」

「了解です」

言いながら岡田ともに大浴場に急いだ。

大浴場「ローマ帝国」の入り口の前で、立ちどまった。

「男湯には岡田さんしか入れませんね」

「そうだな、だが少し様子を見よう。いずれ竜崎たちも姿を見せるはずだ。その前にフロント側に連絡だ。これ以上、客は入れない方がいい」

「連絡します」

本来ならば、いま入浴中の客を全員退避させたい事態だ。だが、それでは、竜崎に察知される可能性がある。

ギリギリの駆け引きになった。

もし、客がいる前で発砲となれば、泳がせ捜査をしていた警察の手法が厳しく糾弾されることになる。

さりとて、ここで竜崎を取り逃がせば、ふたたびおびき出せるチャンスはなくなる。竜崎は何度でも加瀬と観月を狙ってくるはずだ。その行動を把握するには、膨大な費用と労力が掛かることになる。

ここが最大のチャンスだった。

美菜はすぐにフロントに連絡し、男湯だけに「ただいま入室制限中」の札をかける許可を取った。

「俺がちょっと覗いてくる」

岡田が脱衣所に入って行った。美菜は廊下を行き来しながら、スマホで五階の動きを確認した。

もうひとつのスマホが震えた。明田からだった。

「さっきの男、顔認証でヒットしたわ。斎藤太吉《さいとうたきち》。四十歳。元青森県警の組対課出身の男だわ。五年前に依願退職しているけれど、押収した薬物を横流ししていた疑いがあったみたい。なのでまっとうな再就職はせずに、竜崎の非公然組員になったようね。竜崎は自分の縄張り以外の場所に非公然組員を配して、着々と下剋上の時期を狙っていたというわけよ……気を付けて、斎藤は柔道の達人よ。絞め技が得意」

そこまで聞いて、美菜は、危機感を持った。

あの男なら、老人ふたりの首を絞めて、息の根を止めるのは訳ないだろう。

「課長、すみませんっ、もう切ります。その絞め技、すぐに使われそうので、対処します」

美菜は電話を切り、男湯の暖簾《のれん》をくぐった。大浴場では、お互い武器を手しにくい。素手が物を言う。絞め技はぴったりだ。

「あのぉ、清掃担当の岡田さん、いますかぁ」

脱衣所のガラス戸の前で、そう声をかけた。すぐに岡田が出てきた。

「誰が清掃担当なんだよ」

そう言って出てきた岡田は、手に雑巾を持っていた。旅館の法被を着て偵察するには、たぶんそういうことをしながらしかないだろうと思う。

「当たりでしたね」

美菜がすぐに明田からもらった情報を渡した。

「サウナ室で絞められたら、一発ですよ」

「心配するな。その斎藤という男は、まだ服も脱がずに、脱衣所のソファで雑誌を読んでいる」

「なぜでしょう」

「欲室が混んでいるんだ。子供も走り回っている。刺青をした男が堂々と入れる雰囲気じゃない」

「ってことは、札は外した方がいいでしょうか？」

「いや、それじゃ、呼び込めない。逆に客がいなくなれば、斎藤も動く。おそらくその時点で五階の竜崎にも連絡するはずだ」

「会長の観月は刺青をしていないんですか？」

「してなかった。意外とトップに上り詰める人間には、彫っていない者が多いようだ。恫喝《どうかつ》の時代ではなくて、頭脳の時代になったのさ……観月と加瀬はいま露天風呂に入っている。奴らもサウナが空くのを待っているようだ」

美菜と岡田は、そのまま様子を見ることにした。大浴場「ローマ帝国」の入り口付近に待機した。

「狙うのは九十九パーセント、ここだと思う」

岡田が言った。

「私もそう思います。真っ裸ぐらい無防備な相手はいません。ここで狙うでしょう」

「問題は、竜崎がやったとは見えないようにやるはずだ。だが、その方法がわからない」

「たぶん、拳銃は使わないような気がします……湿気や滑りやすいなど、リスクがありすぎます。拳銃を浴槽の中に放り込まれたら、拾い直しても使えません」

美菜はそう言った。

「それに、竜崎としては自分が会長《おや》殺しの張本人だとは思われたくないのだから、もっと穏便な殺害方法を考えるはず……」

岡田も腕を組んだ。

徐々に大浴場から客が引き上げ始めている。入ろうとしてやって来た客は、男湯が札止めになっているので、不平を口にしていたが、岡田が一時間後に再開すると宥《なだ》めた。一時間後には、全てが片付いているか、観月も加瀬も上がっているかどちらかだろう。

女性客だけはどんどん入っていった。カップルでやって来た客も、女だけが「先に入る」と言って、女湯に進んでいった。そんなものだ。

「竜崎と千恵美が動いたっ」

スマホを覗いていた岡田が小さな叫び声を上げた。

美菜も脇から覗き込んだ。竜崎と千恵美が浴衣に着替え、首から手ぬぐいを下げてエレベーターに向かうところだった。

「俺は先に中に入る。おまえは女湯だ」

「あのお互い裸になったら、どうやって連絡を取り合いましょう」

「叫べっ。マッパでしかもお湯の中にも入るんだ、イヤモニやリングマイクも役に立たない」

「っていうか、それ全部部屋に忘れてきています」

「おまえがオナニーなんかしていたから、慌てたんだろうが」

「すみませんでしたっ」

それぞれ、脱衣所へと向かった。

5

岡田が脱衣所に飛びこむと、斎藤はまだソファで雑誌を読んでいた。劇画誌だった。ちらりと覗くと潜入刑事の漫画を読んでいる。いやな話を描く漫画家がいるものだ。

岡田は靴下を脱ぎ、紳士ズボンの裾を捲り上げた。その格好で、脱衣所の隅に置いてあるモップを持った。

大浴場はだいぶ人が減っていた。加瀬と観月の集団を除けば、五人ほどしか残っていなかった。

文字通りの大浴場だった。

中央に巨大な円形浴槽。その周りには温度の異なる様々な浴槽があった。ジェットバスや寝湯スタイルのものもある。

加瀬と観月が並んで洗い場に座っていた。それぞれの部下たちは、背中合わせの位置に腰を下ろしていた。一応シャボンなどを身体に塗っているものの、その視線は目の前の鏡に注がれていている。

ボスたちの背中が見える按配《あんばい》だ。

岡田はモップでタイルの床を拭きながら、耳を澄ませた。仲のいいじいさんたちの会話が聞こえてくる。

「東京オリンピックだけは、しっかり守らないとならない。これぱっかりは、警察任せとはいかないさ」

加瀬が頭を掻きながら言っている。銀髪が泡だらけになっていた。

「そうだな。外国マフィアや中東のテロリストになんざ、的にかけられたんじゃや、国内ヤクザの顔も丸潰れだ。アンダーグラウンドの情報はあんたに流す。そっちから警察に回してくれ」

観月が答えている。観月は股間を洗っている。陰毛からシャボンがモクモクと上がっていた。そのシャボンを胸や肩に回している。シャボンをつくる震源地に陰毛を使うのはひとつの手だ。

ちなみに俺もそうしている。

「喜朗さんから、警察に伝えてもらうのが、一番手っ取り早いような気がするのですけどね」

加瀬がさらに頭を泡立てた。ソフトクリームみたいだ。

「これでも、ヤクザだ。さすがにそれは出来ねぇ。だから堅気《かたぎ》の計造さんの会社にうまく立ち回ってもらうしかない」

「そうですな。警察業界の方も、直接、極道界に助けてくださいとは言えないですからね。わかりました。今後もうちが調整役になりましょう。ただし、予定通り、一年間は待ってくださいな。警察庁《サッチョウ》のお偉方が野党の目を気にしていますから」

なんだ、なんだ……これって、完璧に警察も仲間になっている話じゃないかよ。

岡田はモップを動かす手を止めた。

「わかっていますよ。最近、うちらの世界にも、極道原点回帰主義みたいな連中が台頭してきていて困っている。ヤクザ同士で昭和の終り頃みたいな抗争を始めたら、それこそ、外国マフィアに付け込まれるだけだっていうのに、跳ね返りが多くてかなわねぇや」

「おかげで、私まで狙われた」

加瀬が膝のかすり傷を見せている。

「すまえねぇ。それはたぶん、うちの跳ね返りのひとりだと思うが、なかなか尻尾を出さないから、処分出来ねぇでいる。まったくカッコ悪いことで」

観月が頭を下げた。

「いやいや、いいですよ。先日、私の方から警察に頼みました。そっちであぶり出してくれませんかと……」

「な〜んだ。計造さん、そんなことまでしてくれたんだ。こいつは、借りができちまったな」

観月はさらに頭を下げた。

「いいんですよ。オリンピックが終わったら、いよいよカジノでしょ。海外マフィアとの業務提携は喜朗さんの方のフロント企業で。警備はうちで、きっちり儲けましょうよ」

「そりゃいいや。警察が、とっとと、うちの跳ね返りを捕まえて欲しいんもんだ」

「まったくですよ」

ふたりのジジイが高笑いをしながら、一斉にシャワーの栓を捻った。

盛大に湯を被っている。

おいおい、これじゃや、竜崎を潰すのを、警察に丸投げしているって感じじゃないかっ。

岡田は呆然となった。いつだって、よくわからずに働かされるには、俺たち、ノンキャリアだ。ちっ。

「そのカジノの件なんですけどね……計造さん、サウナでびっしり汗を流しながら、相談しませんか……」

「ほほう……」

観月が辺りを見回した。もうほとんど客はいなかった。加瀬の顔を見ながら言った。

「ふたりきりで、話すかね」

「ぜひ……」

加瀬と観月が付き人たちを残して、サウナに消えた。

そのとき、入り口のガラス戸がガラリと開いて、斎藤が入ってきた。トランクスだけつけている。

全身に刺青が入っている。青森出身者らしく、ねぶたの武者絵柄だった。

円形風呂に浸かっていた若者五人が慌てて出ていった。

「誰だ、てめぇ」

観月の付き人が吠えた。消していたヤクザオーラが全開になっている。

「紋々《もんもん》も背負ってねぇ、フロント風情が、ごちゃごちゃ言ってんじゃねよ」

斎藤はすぐに一番手前の付き人に蹴りを入れた。顎に入っている。

付き人が吹っ飛んだ。隣の男ごと、なぎ倒された。斎藤の蹴りは素足なのに、見事な破壊力だった。この男、修行したのは柔道だけではない、空手もやっていたのだろう。

裸の男ふたりが、床に仰向けに倒れ込んでいだ。剝き出しの男根と睾丸というのは、グロテスクなだけだ。

斎藤は無表情なまま、ふたりの睾丸を踏んだ。耳をつんざくような声が上がった。

＊

女湯のほうは混んでいた。札止めをしていないので、ごった返している。

「うぎゃぁあああ」

突如、男湯のほうから、悲鳴が聞こえてきた。

美菜が女湯のジャグジーから松川千恵美の様子を窺っていたところだった。

千恵美が洗い場で、バストと股間にシャボンを塗っている様子を背後から監視していた。

千恵美の陰毛はなかった。つるマンだ。そのぶん若々しく見える。

千恵美の手の動きはゆっくりだった。バストと股間を同時に洗っているというのが妙にエロかった。

美菜のほうはジャグジーの噴流をあそこに当てて楽しんでいた。

忙中閑《ぼうちゅうかん》ありだった。

二度目の悲鳴が聞こえた。乱闘が勃発したことは間違いなかった。

幸か不幸か、その悲鳴はOL風の女たちのはしゃぎ声にかき消されていた。

何がそれほど楽しいのか真ん中の円形風呂に入っていた五人グループが「彼氏のアソコがね」とか「持続力、半端なかった」とか言っては、笑い声を上げている。そもそも女湯には、喋りまくる女たちが多いのだ。

男湯の異変に気が付いた美菜は、ジャグジーを出て、徐々に千恵美に近づいた。

男湯にひとりいる岡田のことも気になったが、千恵美がどう動くかわからないので、ここに張り付くしかない。

千恵美は鏡の前にポーチを置いていた。旅行用のシャンプー、リンス、ソープを持参してきているかのように見えた。

だが、千恵美は備え付けのソープを使っている。ポーチの中身が怪しい。

美菜は視線を千恵美に張り付かせ、聴覚は男湯に集中させた。

ときおりモップを振り回すような音が聞こえた。

岡田がアクションを開始したということだ。

「竜崎っ」

という声がした。岡田の声に間違いなかった。

千恵美の肩が反応した。ポーチを持って立ち上がった。脱衣所の方向ではなく、逆側に進んでいる。バストと股間にシャボンがまだ付いていた。

千恵美が向かった先に男湯に繋がる扉があった。美菜も続いた。

ふと思うに自分はジャグジーから出たばかりで、乳首も陰毛も丸見え状態だった。

ちっ、あの女、男湯に飛び込むつもりで、とりあえず女の要所をシャボンで隠していたのだ。

千恵美がコネクションドアを開けた。

「若頭ぁ」

叫びながら、男湯フロアへと飛び込んでいく。

美菜もバストを揺すりながら、移動した。

ええいっ。悪党どもめ。見るなら見てくれぇ。胸底でそう叫んでいた。

円形浴槽の前で岡田が竜崎と殴り合っていた。

床が滑るらしく、双方拳を突き出すたびによろけていた。生きるか死ぬかの格闘のはずだが、コントみたいだ。

ふたりの男が口から泡を噴き出して、倒れていた。どちらも片手で睾丸を押さえたまま気絶している様子だ。

異性ながら憐みを感じた。

「若頭ぁ、持ってきましたぁ」

千恵美がその男たちの頭の上を飛び越えながら、ポーチを振っている。飛び越えるときに大股になった。おまんこが見えた。花が開いていた。

「おぉっ。ふたりはサウナ室だ。さっさと入って打っちめぇ。俺はこの刑事の相手をしなくちゃならねぇ」

「はいっ」

「まったくよぉ。斎藤が絞め技で、ジジイふたり気絶させて、そのまま干乾《ひから》びさせてしまおうと思ったのによ。邪魔者が入った」

竜崎が吠えている。

「大丈夫です、私がすぐに処置します」

千恵美がポーチから何かを取り出した。注射器だった。

サウナに入っている老人にならば、瞬間麻酔薬で充分だ。心臓発作を起こさせて、寝たまま人生を閉じらせることが出来る。

事故死だ。

「松川千恵美っ。いい加減しなさいっ」

美菜も伸びている男の頭を飛び越えた。

意識が残っていれば、いまの瞬間、私のおまんこも拝めたはずだ。

気つけにならないか？

男たちは微動だにしなかった。

せっかく開帳してやったのに残念だ。

美菜はさらに右足の爪先を強く蹴って、飛び跳ねた。

「あんたみたいな女は絶対、許さないっ。殺人未遂で逮捕する」

千恵美の背中にタックルを試みる。

うわっ。足が攫われた。まったく雪道といい、浴場といい、このところ滑りまくりだ。

千恵美の肩に届くはずだった手が、辛うじて尻に触れた。

美菜は、虚空を泳ぎながら、指先を伸ばした。

人差し指と親指を精一杯、前に突き出す。千恵美はつるマンだったので、陰毛は摑めない。尻を振りながら前進する千恵美の股間からシャボンが飛んできた。

邪魔くさい。

シャボンを撥《は》ねのけながら、腕と指を最大限に伸ばす。

届けっ。そう念じた。

「あうぅう、痛いっ」

突然、千恵美がよろけた。

まんこの花びらを摑んでいた。ぬるぬるとしているが、指にありったけの力を込める。

「いやぁああああ」

絶対に離さないっ。

千恵美が花びらを掴まれた状態を振り切ろうと、そのまま前に飛び跳ねた。

美菜はさらに花びらを自分のほうへと引いた。

「うわぁあああああ」

ミリリリ。花びらが、おまんこから引き剝がれそうになった。

「いやああああ、それ以上、引っ張らないで……」

千恵美が頭から床に落ちながら、前屈回転をした。

やはり喧嘩慣れしている。猫のように身体を丸めて、受け身を取っている。

さすがにぬるりと、花びらが抜けた。

「あぁあぁっ」

物凄い衝撃音がした。

千恵美はクルクルと回転したままサウナ室の外壁に頭を打ち付け、ようやく動きを止めた。

止まったポーズがエロい。

四つん這いで、両脚を拡げたまま、尻を突き上げた体勢だった。

後ろから見下ろしても、千恵美の片方の小陰唇が伸びて肥大しているのがわかる。千切れはしなかったが、この左右不揃いの小陰唇は永遠に修正出来ないだろう。背中がプルプルと震えていた。

「やってくれたわよね」

千恵美がくるりと向きなおった。注射器を握ったまま、片膝を突きながら、立ち上がってくる。

「出会ったときに、潰しておくべきだったわ……」

最初に見たときはおっとりして見えた顔が、いまは般若《はんにゃ》の形相になっている。バストと股間に塗っていたシャボンもすっかり消えている。

これで真っ裸同士で向き合ったことになる。

「私の方こそ、見抜くべきだったわ。二時間ドラマでは、たいがい最初に優しくしてきた女が一番危ないのよね……よく観ているのに、忘れていたわ」

「うるさいっ、あんたから先に眠らせてやるっ」

注射器を手にしたまま、襲いかかってきた。

「千恵美、その女にかまうより、サウナの中のふたりを早く始末しろ」

竜崎が叫んでいる。竜崎と岡田はまだ、ずるずると動きながら殴り合っていた。

「いやよっ。この女が、全部計画を狂わせたのよ。殺してやる」

「どうでもいいけど、花びら、変な格好になっちゃったね」

美菜は挑発してやった。むしろ貴重なウリとなるかもしれないが、いまはからかってやる。

「うるさいっ」

千恵美が一歩前に踏み出してきた。

美菜は飛び退《の》いた。円形風呂のほうへとバックする。千恵美が追ってきた。

真っ裸の女がふたり、風呂場の床では滑りすぎる。

美菜は円形風呂に飛び込んだ。硫黄泉だ。

湯圧がある方が、スローではあるが、動きやすい。

浮いていた手桶で、湯を掬い、千恵美の顔にめがけてビシッ、と掛けた。

湯の勢いは平手打ちぐらいの威力があった。

次々に掬っては同じ頬を狙ってぶっ掛ける。

平手で一方的にはたいている気分だ。

「痛いっ、頭にきたっ」

顔を真っ赤に腫らし、濡れ髪を落ち武者のように振り乱しながら、円形風呂に飛び込んできた。

注射器を振り上げ猛然と進んでくる。

「その腐れまんこをめちゃくちゃにしてやるっ」

足を振り上げてきた。湯面に飛沫《しぶき》が上がる。

美菜は湯の中に潜り込んだ。硫黄泉なので、視界はさえぎられる。相手も同じことだ。美菜がどこから飛び出してくるかわからない。

「ふざけやがって、東山っ」

湯面の上で喚いてくれたので、美菜にはおおよその方向が読めた。

浴槽の底を這うようにして進むと、かすかに千恵美の足首が見えた。

一発勝負だ。

両手のひらを組み、人差し指同士だけを重ねて立てた。指突きの形だ。

ええいっ。

浴槽の底を蹴り弾みをつけた。そのまま急浮上する。

視界に尻が見えた。山勘で見当をつける。アヌスを狙う。硫黄泉の中で、肌色を見極めるのは難しい。イメージに頼った。硬い穴はきっとこの辺だ。

眼前に尻の割れ目が見えてきた。不揃いの小陰唇がひらひらと動いている。

ここだっ。

おまんこのやや上。なんとなく窪んでいるところに、美菜は指を送り込んだ。一発では入らなかったが、穴の周囲を突いたことに間違いなかった。

「うぐあぁあああ」

絶叫が聞こえた。踏ん張ったせいか両腿が開いた。かなりはっきりアヌスのポイントがわかった。

もう一度、渾身の力を込めて、指突きする。ズボッと入った。硬かった。おそらくこっちの穴は未経験だ。

力任せにぐいぐいと押した。初体験ならば、尻から火が噴くほどの激痛のはずだ。

「あぁああ。やめて、やめてっ」

泣き叫ぶ声が聞こえる。美菜は千恵美のアヌスに重ねた人差し指を突っ込んだまま、浮上した。

「うぅうううう、苦しいっ」

前に倒れた千恵美は、平泳ぎの格好になっていた。

蛙のように手足を伸ばして、もがいている。注射器だけは握っていた。

美菜は容赦なくアヌスを掻きまわした。快感を与えるつもりはさらさらない。激痛だけを食らわせてやる。尻穴の中にさらに中指を足して、思い切り拡大した。

「くわっ。四本なんてむりっ。お尻が裂ける」

「裂いちゃうっ」

お茶目に言って、もう一本薬指を足そうとしたとき、千恵美の動きがピタリと止まった。

失神したらしい。放尿が始まった。

美菜は指を抜いた。湯の中で軽く洗う。

湯面に浮いた注射器を掬い上げ、円形風呂から出た。

湯の中での対決で、筋肉の疲労はピークに達していた。円形風呂の横に立ち、安堵のため息をついた瞬間に、背後で、ざばぁという音が聞こえた。

この戦い、まだあるの？

振り向くと、水風呂から、斎藤が飛び上がってきていた。同時にふたりの男の尻が浮かんでくる。

加瀬の部下ふたりだ。斎藤に沈められていたようだ。

「このオナニー女が」

斎藤が背後から太い腕を伸ばしてきた。美菜はやにわにその腕に注射針を挿し込んだ。

「うっ」

斎藤の目がカッと開き、そのまま背中から崩れていった。床の上でバウンドした。タイルが割れたようだ。

やはり瞬間麻酔薬だった。

水をたっぷり吸ったせいかトランクスが脱げ落ちた。

男根が見えた。腕同様、太く長かった。睾丸も丸々としていた。

美菜は落ちていたモップを拾った。ゴルフクラブのように高く振り上げる。

「よくも、私に見せオナさせたわよねっ」

カーン。

斎藤の睾丸を、モップで思い切り、打ち砕いてやった。確かな手ごたえがあった。

生卵が割れるように、斎藤の睾丸がぐしゃっと鳴った。

斎藤は、口を半開きにしたまま、腰を二度三度、浮かせた。そのまま絶入《ぜつにゅう》したようだった。

「竜崎っ。てめぇは、殺人教唆だ、現行犯だ。たったいま、あの女に、打てと指示したろう」

岡田が猛然とダッシュして、竜崎の腰に抱き付いた。

コントのような殴り合いを続けていたのは、殺人教唆の言質《げんち》が取れるまで、待っていたようだった。

「くそっ」

竜崎が尻餅をついた。岡田の頬に竜崎の男根が張り付いていた。

先輩、気持ち悪くないのだろうか……。

全員裸の逮捕劇は、今回だけにしたい。

サウナ室から加瀬計造と観月喜朗が出てきた。観月が顎に手を当てて言っている。

「竜崎、おまえ、本当に頭悪いなぁ。一年も前から、俺に泳がせられていたのに気が付かなかったのかよ。下手に破門すれば、内乱が起こるから、今回だけは警察さんにお願いした……バカだねぇ……」

竜崎は呆然とした表情を見せた後、がっくりとうなだれた。

加瀬も笑っている。

「一生塀の中で暮らすんだな。出てきたら、あんた命ないよ」

そして加瀬は岡田と美菜のほうを向いて言った。

「ご苦労さん。明田課長には、ふたりは凄く頑張ったと伝えておく……まぁ、とりあえず、早く服を着たほうがいい」

＊

一月四日。美菜は眠い目を擦りながら、桜田門に出庁した。

なんてったって、本日は仕事初めだ。

講堂に集まって総監の訓示を聞かねばならない。

明田真子からは、訓示だけ聞いたら、そのまま上がって、しばらく休んでいいと言われていた。年末から働きずくめだったので、振替休暇を取れということだ。

そうしないと、上司の自分のポイントが下がるらしい。

まったく自分勝手な上司だ。

講堂で総監の訓話を聞いた。総監が一席ぶった。

『昨年は警察官による不祥事がいくつかありました。まずは、全庁をあげて綱紀粛正に努めてまいりましょう』

美菜は千人ぐらいの職員に混じって、聞いていた。

突然、尻を撫でられた。真後ろにいたつるっ禿げのやんちゃジジイだった。捜査八課の津川雪彦。

「な、なんてことするんですかっ……総監の訓話中に……」

振り返って片眉を吊り上げて見せた。

「まぁまぁ、目くじら立てなさんな。ユーもミニパトでさんざん、やってた口でしょう」

「ううううっ」

このおっさん、元公安部のエースだ。意外と何でも知っていそうだ。

それに今回の事案では世話になっている。美菜は口を噤んだ。

ヒップぐらい、いいや。美菜は向きを前に戻した。後ろから尻を撫で回しながら、津川が囁いてくる。

「新しい子がLSPに行くと思うけど、よろしく頼むよ。ちょっとワケアリでね。俺が人事二課《ヒトニ》に頼んだ。ユーと同じ交通課の出身だ。うまく指導してくれよ」

「何かとお世話になったので、それはわかりました……ですが、ソコを触るのは止めてくれませんか……」

津川の指が尻のカーブに沿って、谷間に落ちていた。

「総監の話が終わたら、手を引く」

総監の訓示はさらに三分ほど続いた。美菜はパンツを穿き替えねばならなくなるほど、ぐちょぐちょにされてしまった。

やっぱりくそオヤジだ。

年頭の訓話が終わって、警備九課一係に戻ると、明田真子がひとりの女性を連れてやって来た。

可憐な雰囲気の若い子だった。

「ＬＳＰの新しい仲間を紹介します。世田谷南署から転属してきた中村架純さんです」

紹介された子が、深々と頭を下げた。

きっとあの子だわ……。

「中村さんには、秋川チームに入ってもらいます。秋川主任は、本日も都知事に張り付いていますから、まずは東山さんに担務などは教えてもらいなさい」

席はどうやら隣同士のようだ。彼女がやって来た。

「東山さん、どうかよろしくお願いします」

「あんたのおかげで、私、二週間、休みなかったんだけど……」

「はい？」

架純が空惚《そらとぼ》けた顔をする。

美菜は言ってやった。

「私、風紀取り締まり内偵員だったんだけど……あなた、おっとりした顔をしているけれど結構大胆らしいわね……交番で……」

そこまで言った時に架純の顔が青ざめた。いきなり口を押さえ込まれた。

「ひ、東山さん、ランチごちそうしますっ。詳しい話はそのときに」

「いいわよ、じっくり濡れ場の話を聞かせてもらおうじゃないの……」

早めのランチということで、農務省の職員食堂に向かった。

あらたな仲間を加えたＬＳＰの今年がまた始まる。


（了）

長編小説
誘《ゆう》惑《わく》捜《そう》査《さ》線《せん》　警察庁《けいさつちよう》風紀《ふうき》一係《いちがかり》　東山《ひがしやま》美《み》菜《な》
沢里《さわさと》裕《ゆう》二《じ》

2017年12月4日　初版第一刷発行

ブックデザイン…………………… 橋元浩明(sowhat.Inc.)

発行人……………………………………… 後藤明信
発行所…………………………………… 株式会社竹書房
〒102-0072　東京都千代田区飯田橋2－7－3
電話　03-3264-1576（代表）
03-3234-6301（編集）
http://www.takeshobo.co.jp
印刷・製本………………………… 凸版印刷株式会社

ISBN978-4-8019-1280-9　C0193